제주를 품은 창

김 품 창

1966년 강원도 영월에서 태어나 경북 영주에서 성장했다. 추계예술대학교 미술대학 동양화과를 졸업한 후 서울에서 창작활동을 하다가 도심의 생활에 회의를 느끼고 2001년 가족과 함께 제주로 이주해 서귀포에 정착했다. 한국 미술대전, 대한민국미술대전, 중앙미술대전, 동아미술제, MBC미술대전, 구상전에서 수상했다. KBS, SBS, MBC의 뉴스 및 〈KBS 문화산책〉, 〈EBS 한국기행〉 등의 방송 프로그램과 라디오, 잡지 등 다수의 매체에 소개되었다. 꾸준한 창작활동을 하며 개인전을 18회 열었고 국내외 다수의 초대전과 단체전에도 참가했다. 2016년과 2017년에는 서울 예술의전당 한가람미술관, 서귀포 예술의전당에서 대규모 개인전도 열었다. 대한민국미술대전 심사위원과 제주특별자치도 문화예술위원을 역임했고, ADAGP와 한국미술협회 회원, 동연회 명예회원으로 활동하고 있다.

이메일 kpoomchang@hanmail.net

내가 그림을 놓지 않고 계속 그릴 수 있도록 옆에서 묵묵히 애써 준 나의 아내 동화 작가 장수명, 아빠의 별난 성격 탓에 학창 시절이 힘들었을 텐데도 내색 없이 아빠를 이해해 주며 제 몫을 다하는 디자이너로 성장한 마음 고운 우리 큰딸 김승은, 그리고 어느덧 중학생이 된 그림과 글을 좋아하고 즐기며 예쁘게 잘 자라고 있는 우리 늦둥이 막내딸 김민재, 우리 가족 모두 사랑합니다. 고맙습니다.
에세이를 쓰는 데 많은 조언을 해 주신 일러스트레이터 안나토 님께도 감사한 마음을 전합니다.

제주를 품은 창

김품창 에세이

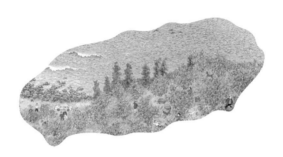

필
무렵

그림과 나

2001년 서른다섯이 되던 해, 제주에 자리를 잡았다. 도대체 그림이 뭐길래 서울에서 잘 살아가던 터전을 다 던져 버리고 가족까지 모두 물설고 낯선 제주에 정착했는지 사실 이해가 안 될 때도 있다. 지금 생각하면 한창 젊은 나이였다.

나는 학창 시절에 특별하게 무엇을 잘한 것이 없었다. 다만 초등학교 5학년 때 받았던 미술 대회 상장 하나가 계기가 되어 지금까지 붓을 놓지 않고 화가의 길을 가고 있다. 현실적으로 그림 그릴 여건이 되지 않아 다시는 그림을 그리지 않겠다며 세 번이나 붓을 꺾었었지만 결국 다시 붓을 잡고 그림을 그리고 있는 나를 보면 내게 화가는 천직인가 보다 한다.

누구나 태어나는 순간 이미 삶의 시간은 정해져 있다. 어떤 삶이든 유한한 삶을 살아가며 한정된 시간을 쓴다. 어떤 일을 하든 쉬운 건 하나도 없다. 쉽다면 그것을 무한히 반복해서 그저 익숙해진 것뿐이다.

강원도에서 유년 시절을 보냈던 나는 험한 길 때문에 초등학교 입학 전에는 자주 넘어져 무릎이 늘 상처투성이였다. 넘어질 때마다 숨조차 쉴 수 없을 정도로 아팠다. 어린 마음에 잘 넘어지지 않는 어른들이 너무 신기했다. 그러나 나이가 들어 어른이 되니 그 어른들도 어렸을 때는 수없이 넘어졌었다는 것을 깨달았다. 사람은 누구나 기어다니던 시절을 거쳐 일어나 두 발로 서기 시작하면서부터 수없이 넘어지며 걸음마를 배운다. 이처럼 어떤 목표가 있는 사람은 반복되는 실패의 과정과 수없는 아픔과 고통 속에서 깨달음을 얻으며 목적지를 향해 나아간다. 나와 그림도 그런 과정을 통해 그려진다. 그림과 내가 하나가 될 때를 꿈꾼다.

品昌

차
례

제주 사람으로 물들다

작가 노트

제주환상을 완성하다

작가 노트

제주로 뛰어들다

2001년 7월 14일 장맛비로 세상이 무겁게 젖은 날, 서울에서 제주로 이사를 했다. 비행기에서 내린 아내와 나는 배편으로 먼저 보낸 차를 찾으러 버스를 타고 제주 항으로 갔다. 제주항에서 새 보금자리로 향하는 길을 아직도 잊을 수 없다. 차 한 대 없는, 끝없이 뻥 뚫린 남조로를 시원하게 달렸다. 장맛비를 머금은 짙은 회색 비구름 속에서 마치 블랙홀로 빨려 들어가는 듯한 환상에 젖었다. 창 너머 북태평 양 바다가 한눈에 펼쳐지는 서귀포시 남원읍 남원리의 작은 빌라 3층은 우리 가 족의 새 보금자리였으며 나만의 창작 세계를 위한 제주 삶의 시작이었다.

바다의 가르침

바다! 하면 잔잔하고 낭만적인 푸른 바다가 떠오르는 사람이 많을 것이다. 서울에 살 때는 나도 바다를 그렇게 단순하게 생각했다. 하지만 제주에서 만난 바다는 시시때때로 달랐다. 여름의 제주 바다는 끝없는 옥빛으로 물들고 겨울 제주 바다는 은빛 반짝이는 보석이 수없이 모여 꿀렁거린다. 태풍이 오면 제주 바다는 천하를 집어삼킬 듯 꿈틀거리고 성난 용처럼 휘몰아치듯 달려든다. 변화무쌍한 제주 바다의 모습은 바다에 대한 생각을 뒤집고 나를 뒤흔들었다. 수많은 얼굴을 통해 강렬한 존재감을 드러내는 바다를 볼 때마다 내 안에서 주체하기 힘든 충동이 일었다. 나는 그런 바다를 그리고 싶다!

하지만 새로 알게 된 다양한 바다의 모습은 그 어떤 것도 제대로 그릴 수 없었다. 매일 바닷가로 나가 하루 종일 바다를 바라보았다. 물결의 끊임없는 일렁거림은 멀미와 현기증만 가져다주었다. 물결은 멈추는 순간이 없다. 그래, 지구라는 별이 생성된 이후로 바닷물이 한 번이라도 멈추었던 적이 있으랴! 당연한 사실조차 그런 바다를 그리고 싶다는 내 의지를 꺾지는 못했다.

나는 사진을 찍어 바다 자료를 만들었다. 다양한 사진을 보면서 연구하고 그리고 또 그렸다. 수없이 그렸지만 바다 물결은 생각대로 살아 움직이지 않았다. 언뜻 보기에는 그럴싸해도 바다 물결의 껍데기에 불과했다. 나는 바다 물결을 제대로 그리기 위해 멈추지 않았다. 그렇게 1년이라는 시간이 훌쩍 지나고서야 문득 깨달았다. 내가 바다 물결이 되어야 바다 물결을 그릴 수 있다는 사실을 말이다. 말로 설명하기는 힘들지만 결국 내가 원하던 바다, 그 물결을 마침내 그려 냈다.

그 후 나는 무엇을 그린다는 것의 의미를 새롭게 다졌다. 어떤 대상을 그릴 때 눈으로만 관찰하여 형상을 재현하는 것은 그저 겉모습, 껍데기만 그리는 행위라는 것을 새삼 온 마음으로 깨달았다. 우리는 삶에서 수많은 사물을 접한다. 때때로 그것은 어떤 느낌으로 내게 다가와

그리고 싶은 대상이 된다. 그런데 내가 그리고 싶은 것은 그것의 형상
이 아니라 본질이다. 내가 원하는 대상, 내게 다가온 그것의 느낌을 그
리기까지는 수년이 걸린다. 시간은 문제되지 않는다. 대상과 일체가 되
어 본질을 그릴 수 있길 바랄 뿐이다.

제주이야기 162×130cm 한지에 아크릴 혼합재료 2001년작

새로 만난 친구들

제주에는 가족 외에는 친척이나 지인이 아무도 살지 않았다. 가족만이 서로에게 유일한 벗이었다. 제주의 삶은 친인 없는 외국 생활과 별다른 차이가 없다. 제주는 문화와 환경이 육지와 많이 다르다. 한국어를 쓰는 외국에 온 느낌이랄까… 사실 한국어인데도 연세 지긋한 어르신 말은 사투리가 심해 도무지 알아들을 수가 없었다.

말 붙일 아는 사람은 없어도 친구들은 차츰 늘었다. 돌고래, 갈매기, 노루, 오리, 반딧불이, 무당벌레, 지렁이, 풍뎅이…. 제주에서는 동물과 곤충을 사람보다 더 자주 만나게 되었다. 제주는 수많은 생명체의 천국이다. 익숙한 것도 많고 생전 처음 만나는 이름 모를 존재도 많다. 제주 자연 속에서는 어디라도 발 딛고 선 자리가 조심스럽다. 그곳이 바로 그들의 집이자 삶의 터전이기 때문이다. 시간이 지나면서 그들은 그림의 모델이 되고 진정한 친구가 되었다.

제주이야기 41×50.5cm 한지에 아크릴 혼합재료 2004년작

작가 노트
그림에 인생을 걸다

미술대학을 졸업하고 생계와 전쟁을 치르면서 작품 활동을 했다. 그러지 않으면 화가로 살아가기 힘들었다. 서울에서 살 때는 아예 사람도 안 만나고 매일 그림만 그렸다. 인생이란 한정된 시간을 물거품처럼 몽땅 날려 버릴 것 같은 두려움 때문이었다. 매일 새벽 5시에 일어나 오전 일고여덟 시간은 그림만 그리고 오후에는 미술 과외를 했다. 집에 돌아오면 밤에도 두세 시간 그림을 그렸다. 다람쥐 쳇바퀴 돌듯 하루 열 시간을 그림만 그렸다. 시간을 다 채우지 못하면 주말에 부족한 작업을 마저 했다. 매일 훈련받듯이 그림을 그렸다. 화가는 매일 놀면 매일이 일요일이고 매일 그림을 그리면 매일이 평일 아닐까? 예술은 작가 의식을 바탕으로 자기만의 철학과 독창성, 연륜이 쌓여 작품 세계가 깊어지고 완숙미가 생긴다. 그림을 그린다는 것은 지독한 인생 마라톤이다. 쉴 틈 없이 그림을 그리면서도 여전히 이게 나의 운명인지 사명인지 생각해 본다.

우주를 여행하는 것처럼

서울에서 산 망원경이 제값을 톡톡히 한다. 육안으로 볼 수 없는 또
다른 세상을 보여 주니 말이다. 달의 분화구를 망원경으로 보고 있으면
우주로 끌려들어 가는 착각마저 불러일으킨다. 달빛이 고요히 내려앉
은 바다 물결은 나를 은빛 보석의 세계로 끌어당긴다. 그믐이 되면 세
상에는 시커먼 어둠이 내려앉는다. 제주도는 엄마의 자궁 속처럼 암흑
세계가 된다.

강원도 영월이 고향인 나는 유년 시절을 정선군 고한읍 고한리에서
보냈다. 전기가 들어오지 않는 산꼭대기 오막살이집에서 살았던 나는
칠흑 같은 하늘에 은가루를 뿌린 듯 눈이 시릴 정도로 빛나는 은하수
와 수많은 별을 보며 자랐다. 하지만 초등학교 3학년 때 조금 큰 도시
인 경북 영주로 이사한 후에는 그때의 별을 다시 볼 수 없었다. 서울에
서 대학 생활을 할 동안은 말할 것도 없다. 그렇게 잊고 지내던 별을 제
주에 와서야 다시 찾았다! 그동안은 바보처럼 별이 모두 사라진 줄 알

왔다. 아! 별이 쏟아지는 제주의 밤은 왜 이리 미치도록 아름다운지, 제주에 사는 사람만이 알 것이다.

술은 나를 쉬게 한다

나는 초등학교 때 품은 화가라는 꿈을 가지고 지금까지 살아왔다. 내가 좋아하는 그림을 계속 그릴 수 있을 뿐 아니라 화가라는 직업이 멋져 보였기 때문이다. 그러나 일상을 절제하고 매일같이 그림만 그리는 게 그리 쉬운 일은 아니다. 그림 그리는 것이 그저 취미라면 해도 그만 안 해도 그만이다. 그냥 즐겁게 그리면 된다. 그러나 그림에 인생을 걸었다면 즐거울 수만은 없다. 사실 힘들고 괴롭다. 한계에 대한 좌절과 고통이 함께 따르기 때문이다. 그뿐 아니다. 화가를 비롯한 예술가 대부분이 창작활동을 하는 동시에 경제활동도 해야 한다. 한꺼번에 두 가지 일을 병행할 수밖에 없다. 작품에 대한 평가를 제대로 받아 그림 판매 등으로 경제활동이 원활히 이루어지는 화가라면 그림만 그려도 된다. 하지만 그럴 수 없다면 그림 그리는 시간을 쪼개 먹고사는 일에도 에너지를 써야 한다. 예술가로서 짊어진 삶의 무게를 견디며 쌓이는 고민과 스트레스로 1년에 한두 번은 흠뻑 술에 취한다. 몸이 힘들면 며칠 동안 머리는 잠시 쉴 수 있기 때문이다.

몸은 해안을 뛰고 머리는 그림을 그리고

집 밖으로 나가는 일이 일주일에 한두 번은 되었을까? 두문불출하며 하루에 열두 시간 이상 그림을 그리니 멀미가 날 지경이었다. 그림에 몰두하여 신경을 쓰면 허기가 진다. 그림 그리다가 배가 고프면 먹고 그리다가 힘들면 잠시 쓰러져 자고, 그러길 몇 년 반복하니 몸이 무거워지기 시작했다. 그제야 나는 매일 집 밖으로 뛰쳐나갔다.

해안을 따라 남원리(제주 올레길 4코스 끝)에서 태흥 2리 부두까지 매일 뛰었다. 그런데 뛰는 시간도 아까워서 머리로는 그림을 그렸다. 숨이 차올라 헉헉대면서도 머릿속에는 온통 그림 생각뿐이었다. "내 그림의 문제는 무엇이지?" 나는 하루도 빠짐없이 자문자답했다. 그때 나는 30대 후반이었다. 젊은 혈기가 내 안에서 뜨겁게 타오르고 있었다. 눈물 나도록 아름답게 붉은 핏빛의 제주 저녁 하늘이 항상 나와 함께했다.

제주이야기 53×45.5cm 한지에 아크릴 혼합재료 2002년작

　　오후 늦게 부두에 나가 어부한테 저녁에 먹을 고둥을 사 왔다. 그런데 잠시 외출하고 돌아오니 고둥이 속살을 다 드러내고 있다. 사람 인기척과 문 닫히는 소리에 고둥은 소스라치게 놀라며 다시 딱딱한 껍데기 속으로 들어갔다. 그렇게 몇 번을 반복하더니 다음 날은 온몸을 꺼내어 우리에게 보여 주었다. 속살을 어루만져도 가만히 있다. "이게 무슨 일이지?" 처음에는 어리둥절했다. "고둥이 마음의 문을 연 건가?" 그러다가 고둥과 교감하고 있다는 생각까지 들었다. 더 이상 먹을거리로 여길 수 없었다. 급기야는 아침마다 바닷물을 길어 와 부지런히 갈아 주면서 고둥을 애지중지 키우는 지경에 이르렀다. 하지만 며칠 지나 가만 생각해 보니 모든 게 내 욕심 같다. 바닷속과는 생판 달라 고둥이 살기에 적합하지 않은 집에서 고둥이 잘 살길 바라다니… 아쉽고 미안한 마음에 고둥을 바다로 되돌려 보냈다.

　　바닷가에 가면 언제나 소라와 게, 고둥, 보말 등의 바다 생명을 만날 수 있다. 고둥을 바다로 돌려보내고 나서는 '생명'에 대하여 다시 생각했다. 문어를 사다가 삶아 먹으면 문어가 죽을 때의 고통이 떠올랐다. 그래서 문어를 살 때는 죽은 문어만 달라고 했다. 해녀는 살아 있는 게 더 맛있는데 왜 죽은 문어를 사냐고 물었다. "그냥 죽은 거로 주세요." 그렇게 답하고는 살아 있는 새끼 문어가 있으면 같이 샀다. 새끼 문어는 돌아오는 길 바다에 놓아 주었다.

  해녀들이 물질을 끝내고 해산물을 망사리에 가득 채워서 뭍으로 나오면 해산물을 해녀의집에서 집하하여 도매업자에게 판매한다. 나는 그것도 모르고 좋은 해산물을 해녀에게 직접 사려고 바닷가로 직행한 적이 있었다. 바다 한가운데서 물질하는 해녀에게 고래고래 소리치며 돈을 들고 손짓하면서 해산물을 사려고 했다. 지금 생각하면 정말 바보 같고 어이없는 행동이다. 방법이 잘못되었다는 것을 알고부터는 집하장을 이용했다. 집하장에 가면 바닷가에서처럼 목청을 높이지 않고도

해녀를 대면할 수 있다. 어쩌다 도매업자가 늦거나 해녀들이 잡은 물량
이 적어 도매업자가 아예 오지 않을 때는 해산물을 좋은 값에 살 수 있
다. 그렇게 싱싱한 해산물을 얻는 법을 익힌 나는 한동안 해녀들에게
문어를 많이 사 먹었다.

어울림의 공간-제주환상 210×720cm 한지에 아크릴 2011년작

문어한테 참 미안한 마음이 든다. 이중섭 선생님이 게를 많이 그린 이유도 나와 비슷한 마음에서 비롯된 것이라고 알고 있다. 게를 많이 잡아먹어 게한테 미안해서…. 내 그림에도 그래서 문어가 나온다. 문어는 자연스럽게 내 그림 속 주인공이 되었다.

어느 일요일 오전, 가족들과 된장찌개와 몇 가지 반찬을 놓고 바다를 바라보며 늦은 아침을 먹는데 바다 한가운데서 검은 물체가 일렁거리며 바닷속으로 들어갔다 나왔다 한다. 해녀인가 하며 망원경을 꺼내 살펴보았다. 해녀가 아니라 돌고래 떼다. 충격이었다. 우리는 밥 먹던 숟가락을 내던지고 바다로 뛰어나가 고래가 가는 방향을 따라 하루종일 이리 뛰고 저리 뛰고 했다. 고래들은 해안 가까이까지 와서 자기네 모습을 온전히 보여 주었다. 나는 바다 깊은 곳을 상상했다. 이 고래들은 깊은 바다 어디에서 살까? 궁금증이 밀려왔다. 집 앞에서 처음 본이후로 고래는 가슴속 깊숙이 자리를 잡았다.

내 안에서는 늘 고래가 요동치며 꿈틀댄다. 몇 번을 그려 볼까 했지만 용기가 나지 않았다. 고래를 어떻게 그림에 담아야 할지 막막했다. 당시에는 그림에 대한 나의 생각이 지금과는 조금 달랐다. 사람들에게 철학적 심오함을 느끼게 해야 한다는 강박이 있었다. 그런데 고래로 그런 느낌을 전달할 수 있을까, 아이들 그림처럼 유치하게 보이지 않을까, 이런저런 의심에 답을 얻을 수 없어 갑갑했다. 하지만 고래를 만날 때마다 그리고 싶다는 갈망은 더욱 커졌다. 가슴속에서 꿈틀대는 대상을 그리지 못하는 화가가 과연 화가라고 할 수 있나? 스스로 이런 질문을 품은 지 4년쯤 지나서야 고래를 그릴 수 있었다. 그동안 고래를 그리지 못했던 답답함을 화폭에 뿜어내고 나니 속이 후련했다. 그 시절, 작가로서 그리고 싶은 것을 바로 그리지 못하는 나의 정신세계가 싫었다. 하지만 진실하지 못한 감정으로 그림을 포장했으면 지금까지 껍데기 같은 삶을 살고 그림을 그렸을 것 같다.

고향 사람들

　　강원도 산골에서 태어나서 그런지 도시 풍경보다는 자연을 소재로 한 그림을 많이 그리게 된다. 고향에서의 동화 같은 시절은 누구나 가슴속 한 켠에 남아 있을 것이다. 나는 유년 시절에 친구들과 산으로 들로 뛰어다니면서 머루, 다래, 산딸기를 따 먹고 진달래꽃도 한 움큼씩 따서 입에 넣고는 했다. 또 눈이 많이 내려 온 마을을 뒤덮으면 산비탈에서 비료 포대로 눈썰매를 타다가 속도를 이기지 못해 거름밭에 처박히고는 했다. 그림을 그릴 수 있는 감성은 이때 생긴 것이 아닌가 싶다.

　　나의 실제 고향은 강원도 영월군 옥동이라는 곳이다. 하지만 영월에서는 태어나기만 했지 실제 기억은 거의 없다. 할아버지 산소가 그곳에 있어 중학교 2학년 때 어머니와 한번 찾은 적이 있었다. 하지만 할아버지 산소는 끝내 찾지 못하고 영월 역 인근에서 볼일만 보고 돌아왔다. 그래서 영월은 아득한 기억 속에만 희미하게 남아 있다.

　　정작 기억에 남아 있는 장소는 정선군에 있는 고한이라는 곳이다.

그곳에서 고한초등학교 2학년 때까지 유년 시절을 보냈다. 그리고 경북 영주에서 남은 학창 시절을 보냈다. 아무튼 영월을 떠나서는 영월 사람은 물론 강원도 사람도 만나기 힘들었다. 강원도는 인구밀도가 많이 낮고 산지로 둘러싸여 마을과 마을이 뚝뚝 떨어져 있다. 산중 마을에는 집과 집 사이도 떨어져 있어 왕래가 그리 쉽지 않았다. 그렇지만 사람과의 정은 더 깊다. 그래서 그런지 서울에서나 제주도에서 고향 사람을 만나면 일면식도 없는데 그냥 친척 같고 형제 같은 느낌이다.

제주도에 내려와 20년쯤 지났을 때, 지역에서 잘 아는 회장님이 나의 고향을 물어보시고는 강원도 사람을 소개시켜 주었다. 그분이 나에게 제주도에 강원도 사람 모임이 있다면서 연락을 줄 테니 나오라 했다. 얼마 후 모임에 나갔다. 모임에서 영월 사람을 만났다. 당시 그분은 제주 법률구조공단 지부장이었다. 직업을 뒤로 하고 같은 고향이라서 그런지 그저 반갑기만 했다. 그 후 가끔 만나면서 그분과 친해졌다. 얼마 지나지 않아 또 영월 사람을 만났다. 해병대 장군 출신이었다. 나도 해병대 출신이니 더 반가울 수밖에 없다. 두 분을 만나면서 내가 잊어버렸던 강원도 사투리에 대한 깊은 향수와 고향을 느꼈다.

서울 예술의전당 한가람미술관에서 전시를 할 때 어떤 여자 분이 도록을 살펴더니 고향이 영월이냐고 물었다. "영월 사람 만나기 힘든데 여기서 이렇게 영월 화가를 만났다."고 반가워했다. 이렇듯 타지에 나오면 고향 사람들은 친척 형제 같은 느낌이다. 고향 사람을 만나면 유년 시절이 그리워진다.

제주이야기 130×162cm 한지에 아크릴 2005년작

제주에 이사 와서 '육지 사람'이라는 말을 처음 들었다. 기분이 이상했다. 제주에서는 육지 사람이라는 말을 흔히 쓰는데 너무나 낯선 말이다. 서울 사람, 부산 사람, 대전 사람 등 출신 지역을 붙이는 게 일반적이다. 하지만 제주에서는 출신이 서울이건 강릉이건 광주건 모두 육지 사람이라고 한다. 육지에서 온 사람 행실이 썩 마음에 들지 않거나 좋지 않으면 '육지 것'이라고도 한다. 들으면 굉장히 기분 좋지 않은 말인데 오래 살다 보니 이해가 간다. 우리도 얼마 지나지 않아 육지 사람이라는 말을 쓰게 되었다.

육지 사람들은 바다를 참 좋아한다. 우리 가족도 육지에서 왔기 때문에 바다를 참 좋아한다. 그래서 가족이 함께 바다를 바라보면서 해안도로를 걷곤 했다. 바다를 보고 있으면 끝없는 수평선이 답답한 가슴을 확 뚫는다. 걷다가 갯바위로 가서 온갖 재미난 것을 보기도 했다. 파랑돔, 범돔의 수많은 치어와 소라와 고둥을 비롯한 다양한 바다 생명이 그곳에 산다. 살아 있는 생명만 있는 것은 아니다. 한때 생명을 지녔던 흔적도 볼 수 있다.

　이사 온 지 몇 년 지난 어느 날이었다. 수많은 소라 껍데기와 고둥 껍데기 사이에 영롱한 빛을 내뿜는 것이 보였다. 처음 보는 전복 껍데기였다. 전복 껍데기를 주워서 집으로 가져왔다. 볼수록 빛깔이 너무 아름다웠다. 전복 껍데기가 나전칠기를 만드는 데 쓰이는 이유를 알 것 같다. 아내는 전복 껍데기를 쌀 뜨는 도구로 사용한다. 육지 사람이 아니라 제주에 사는 사람답다고, 멋있다고 느꼈다. 전복의 아름다움이 눈에 들어올 때마다 아름다운 만큼 쓸쓸한 마음도 든다. 살아 숨 쉬던 생명이 지금은 흔적만 남아 있다니…. 감상에 젖은 나에게 아내가 말했다. "전복 껍데기가 제주도와 닮지 않았어? 숨구멍은 화산 폭발로 생긴 오름 같아." 가만히 들여다보니 정말 그런 것 같다.

　얼마 후 동네 지인이 횟집에서 저녁을 함께 하자고 했다. 내가 그림을 그리니 사람들은 그림에 대해서 이것저것 묻는다. 그날도 지인이 그림 재료에 대해서 물었다. 나는 페인팅이 된다면 어디에든 그림을 그릴 수 있다고 답했다. "이런 전복 껍데기에도 그릴 수 있어요."라고 덧붙였다. 그 말을 내뱉는 동시에 번뜩, 전복 껍데기에다 진짜 그림을 그려 다시 생명을 불어넣어야겠다는 생각이 들었다. 바로 실행에 옮겼다. 껍데기 안쪽에 홈을 파서 물감으로 살짝 색칠하거나 작게 조각내어 모자이크처럼 붙여서 형상을 만들기도 했다. 조각내기 위해서는 망치로 부수어야 했다. 그런데 손에 든 망치를 본 순간, 이 무자비한 도구로 내리치는 행위가 전복을 두 번 죽이는 것처럼 느껴졌다. 새로운 방법을 찾아야 했다. 여러 차례 시행착오 끝에 표면에 붙은 불순물을 제거하고 그 위에다 그림을 그렸다. 전복 껍데기가 새 생명을 얻어 전시되기까지 꼬박 3년이라는 시간이 걸렸다.

전복 껍데기에다 그림을 그린다는 것을 알게 된 사람들은 자연산 전복 껍데기가 생길 때마다 나에게 가져다준다. 주로 내 강의를 듣는 수강생이나 가까운 지인들인데 고맙게도 몇 개씩 챙겨서 가져온다. 알고 보면 내가 쓰는 전복 껍데기는 최소 20~30년 전에 잡힌 것으로 크기도 꽤 크다. 요즘 제주 바다에서 해녀가 잡은 자연산 전복 껍데기 중 큰 것은 성인 손바닥만 하다. 물론 그 이상 큰 것도 있다. 아무튼 예전만큼 그렇게 큰 자연산 전복은 워낙 귀해서 어쩌다 잡히면 해녀들도 잘 팔지 않는다. 자식이나 손자 몸보신으로 먹이고 먹고 남은 껍데기도 잘 버리지 않는다. 화분이나 텃밭에 놓아둔다. 전복 껍데기에 식물에 필요한 영양소가 있어서이기도 하지만 무엇보다 귀한 만큼 기념이 되기 때문일 것이다.

전복 껍데기는 비바람에 시달리면서 20~30년이 지나면 겉면에 기생하여 살던 생명체와 그 흔적, 불순물까지 다 떨어져 나간다. 그러면 전복 껍데기 표면의 진짜 색을 만날 수 있는데 아름답기가 말로 형용

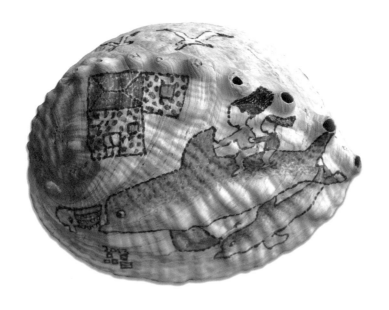

할 수 없을 정도다. 인간이 흉내 낼 수 없는 자연스러운 아름다움, 인간
이 만들 수 없는 색채를 가지고 있다. 전복 껍데기 표면에는 수많은 가
로선이 새겨져 있다. 마치 제주 지층의 역사처럼 누적된 생명의 시간이
다. 이처럼 오랜 세월 동안 자연이 빚어낸 오묘한 색채를 감히 인간이
흉내나 낼 수 있을까? 전복 껍데기를 앞에 두고 물감을 섞다 보면 한없
이 겸허해진다.

어울림의 공간-제주환상 13.3×10cm 전복 껍데기에 아크릴 2013년작

가짜와 진짜

    전복 껍데기는 울퉁불퉁해서 그림을 그릴 때 의도하지 않은 자연스러운 아름다움이 나오지만 표면이 고르지 않고 면적이 좁아서 붓으로 그림 그리기도 정말 쉽지 않다. 게다가 나는 노안이 있어 전복 껍데기에 그림 그릴 때는 돋보기안경을 써야 한다. 이런저런 불편함 때문에 그림을 크게 그릴 수 있는 커다란 전복 껍데기 모형을 만들면 어떨까 하는 생각을 하게 되었다. 우선 잘생긴 전복 껍데기를 골라 그것을 모델 삼아 흙으로 커다랗게 빚었다. 가마에 굽고 유약을 발라 다시 구우니 표면이 도자기처럼 매끄러워졌다. 질감을 살리기 위해 그 위에 물에 적신 한지(장지)를 접착제로 겹겹이 발라 건조시킨 후 떼어 전복 껍데기 모형을 만들었다. 학창 시절에 탈바가지를 만들었던 방법을 떠올리면 이해가 쉬울 것이다. 이후 또 다른 방법을 연구해서 커다란 모형을 만들기도 했다.

    그렇게 만든 모형에 그림을 그려서 전시회를 했더니 나의 노력이 물거품처럼 사라지는 일이 벌어졌다. 관람객들이 작품을 감상하는 게 아니라 전복 껍데기가 진짜니 가짜니 하는 데만 열을 올리는 것이다! 참담했다. 내 그림이 가짜라는 느낌마저 들었다. 뼈저린 아픔을 겪은 후 나는 모형 작업은 다시 하지 않는다. 처음 나에게 와서 내가 예술로서 새로운 생명을 불어넣은 전복 껍데기와의 만남을 되새긴다. 지금은 제주 앞바다에서 얻은 전복 껍데기에만 그림을 그린다. 머지않아 제주산 전복 껍데기를 구하는 일도 힘들어질 것 같아 아쉽고 안타깝다.

어울림의 공간-제주환상
210×290cm 한지에 아크릴 혼합 2010년작

제주의 생활인으로 녹아들다

제주의 바닷가에는 크든 작든 갯바위가 자기 모습을 뽐내는 듯 즐비하게 서 있다. 제주에는 재미있고 독특한 바위와 돌멩이가 참 많다. 제주의 돌 현무암은 구멍이 숭숭 뚫려 있다. 현무암의 구멍은 화산 폭발로 분출된 용암, 그 속에 있던 가스가 뿜어져 나오면서 생긴 것이다. 크기도 제각각이다. 크고 작은 구멍을 가만히 들여다보면 구멍 속에 또 구멍이 나 있는 것도 있다. 작은 돌멩이도 마찬가지다. 제주에 내려온 지 얼마 되지 않았을 때는 보이는 족족 카메라에 담기에만 바빴다. 하지만 시간이 흐르면서 구멍투성이 제주 바위, 특히 갯바위가 또 다른 형태의 커다란 집이라는 것을 알게 되었다. 조금 더 가까이 들여다보면 그곳에는 사람이 아닌, 다른 존재를 위한 세상이 있다는 것을 알 수 있다. 어떤 갯바위는 바닷물에 잠겼다 드러나고 어떤 갯바위는 수면 아래에, 또 어떤 갯바위는 수면 위에 있다. 어디에나 있는 갯바위는 제주의 생명체, 그들의 집이었다. 그들처럼 나에게도 제주는 나만의 세상, 나의 집이 되어 갔다.

우리 같이 달려요

제주는 정말 바람이 세다. 어떤 때는 바람 소리에 밤새도록 잠을 못 이룰 때도 있다. 이런 제주 날씨 때문인지 큰아이가 여섯 살쯤에는 감기를 달고 살았다. 체력이 약해서 그럴 거라는 판단에 거의 매일, 해안 도로로 아이를 데리고 나가 달리게 했다. 가족이 모두 같이 뛰면 좋으련만 아내는 어쩌다 내킬 때만 함께 달렸다. 반면 아이는 좋다 싫다 내색 하나 없이 따라 나와 곧잘 뛰었다. 몇 년이 지나서 아내가 말하기를 '아이는 정말 싫었는데 아빠가 무서워서 어쩔 수 없이 뛴 것'이라고 했다. 미처 딸아이의 마음을 헤아리지 못해 너무 미안했다. 그나마 다행인 것은 꾸준한 달리기 효과인지는 모르겠지만 큰아이가 점점 건강해지며 감기도 잘 걸리지 않게 되었다는 것이다. 그리고 초등학교, 중학교 내내 오래달리기는 일등을 놓치지 않았다.

사실 나도 달리기를 좋아해서 그렇게 한 것은 아니다. 나는 달리기를 좋아하지도 않을뿐더러 잘 달리지도 못한다. 어느 정도냐 하면 초등학교 운동회 때는 매일 새벽마다 열심히 연습했지만 달리기 종목에서 3등 안에 든 적이 한 번도 없다. 다리도 그다지 길지 않고 오래 걷거나 뛰기에 최악인 평발이다. 그래서 내가 해병대 출신이라고 하면 다들 깜짝 놀란다. 해병대는 평발인 사람은 뽑지 않는다. 내가 지원할 당시 해병대에서는 물 묻힌 발로 발 도장을 찍게 하여 평발을 확인했다. 지원하기 전에 그 정보를 알게 된 나는 표시 안 나게 발을 웅크려 발 도장 찍는 연습을 했다. 그렇게 해병대에 입대했다.

어쨌든 제주에 와서 그다지 좋아하지도 않는 달리기를 열심히 할 수 있었던 것은, 일상처럼 매일 달릴 수 있었던 것은 제주의 바다와 자연이 늘 옆에 있었기 때문이라 생각한다. 내 그림에는 뛰는 사람이 여럿 나온다. 나도 있고 아내도 있다. 그리고 빠질 수 없는 주인공, 싫어도 아빠와 함께 달려 준 큰딸이 있다.

낚싯바늘

하루 종일 그림만 그리면 멀미가 난다. 그러면 멀미를 달래려 집 앞 바닷가로 나간다. 하루는 낚싯대를 만들어 낚시를 했다. 원래 낚시를 하지 않아 낚싯대가 없다. 그냥 머리도 식힐 겸 재미 삼아 주변에 있는 대나무를 대충 꺾어 줄을 묶고 미끼를 끼워 바위틈으로 던졌다. 어설픈 낚싯대를 들고 강태공처럼 바위에 앉았다. 강태공과 차이가 있다면 나는 세월을 낚는 게 아니라 그저 멀미 때문에 잠깐 바람을 쐬려는 것이었을 뿐….

그럭저럭 어설픈 강태공으로, 바위틈이나 돌 사이에 사는 작은 고기를 잡는 낚시, 제주 말로 고망낚시(구멍낚시) 모양새를 갖추고 앉았다. 그런데 낚싯줄을 바위틈에 넣자마자 작은 우럭이 잡혔다. 고기를 잡으려던 게 아니었는데 고기가 잡혔다. 어쩌자고 미끼를 덥석 물어 엉터리 낚시꾼의 엉성한 낚싯대에 잡힌 건지…. 상황을 한심스러워 하고 있는데 옆에 있던 딸은 안절부절 혼자 바쁘다. 물고기가 죽을까 봐 연신 비닐봉지에 바닷물을 담아 와 물고기에게 뿌리고 있다. 그냥 놀이처럼 보였지만 생명이 소중한 걸 알다니 마음이 곱구나 싶기도 했다. 나는 그런 딸아이의 마음에도 아랑곳하지 않고 낚싯대를 몇 번이나 더 던져 고기를 잡았다. 그러다 그만 낚싯바늘에 엉덩이를 찔렸다. 눈물이 쏙 나도록 너무 아팠다. 생각보다 큰 통증에 정신이 번쩍 들었다. 물고기의 고통을 고스란히 느꼈다. 이후 다시는 낚시를 하지 않는다.

어울림의 공간-제주환상 128×164cm 한지에 아크릴 혼합 2010년작

찢어 버린 그림, 꺾어 버린 붓

　　제주에 온 지 1년 6개월 정도 지나 제주 생활이 익숙해져 갈 때쯤 서서히 경제적 압박이 오기 시작했다. 속이 점점 타들어 갔지만 곧 좋은 일이 생기겠지 하며 스스로를 달래곤 했다. 그러나 그것도 잠시, 도저히 안 되겠다 싶어 일자리를 찾아 나섰다. 서울에서 아동 미술 과외를 했던 나는 초등학교 방과 후 미술 강사를 하려고 이력서를 내기도 하고 노동 현장을 알아보기도 했다. 연락도 오지 않고 받아 주는 곳도 없다. '외지인이라서 그런가?'라는 생각도 들었다. 몇 날 며칠을 동분서주하며 일자리를 알아보았지만 아무 소식도 없다. 그러던 어느 날 막대기로 장롱 밑 동전을 끄집어내는 내 모습에 순간 '이건 아니다!'라는 생각과 극심한 자괴감이 밀려왔다. 새 붓을 모두 부러뜨리고 그림을 찢어 버렸다. 그림을 그만두어야겠다고 마음먹었다. 그날 밤 나는 아내와 쓰디쓴 눈물을 흘렸다.

붓을 꺾고 그림을 찢은 얼마 후 아내는 문학 공모로 등단하면서 동화 작가가 되었다. 아내는 이제 자신이 글을 써서 먹고살면 된다고 했다. 참 미안하기도 하고 고맙기도 했다. 학창 시절부터 작가가 되겠다고 계속 신춘문예에 투고하며 작가를 꿈꾸었는데 아이러니하게도 삶이 가장 힘들 때 아내는 작가로 등단했다.

그림을 잠시 접은 나는 그림책 일러스트를 시작했다. 서울을 오가며 친구와 후배들한테 그림책 일러스트를 귀동냥으로 배웠다. 대학 다닐 때 그림 그리던 방법과는 많이 달라서 힘들었다. 그림책 일러스트는 출판사로부터 원고를 받아서 원고의 성격에 맞추어 그림 작가가 상상력을 더해 그리거나 내용에 따라 고증해서 그려야 했다. 그림만 보아도 스토리가 연결되어야 했다. 또한 원고 마감이 있어 마감 일정에 맞추어야만 했다. 나는 친구와 후배의 도움으로 출판사에서 원고를 받아 새로운 형식의 그림을 그리며 잠시 생계를 위한 돈을 벌기 시작했다.

제주이야기 73×91cm 한지에 아크릴 혼합 2005년작

가장 좋아했던, 가장 싫어하는 라면

학교 다닐 때는 라면이 최고의 음식이다. 나만 그런 것은 아닐 터, 누구나 어릴 때는 라면이 최고로 맛있을 것이다. 하지만 초등학교, 중학교 시절에는 혼자서 라면을 한 봉지 다 먹은 기억이 거의 없다. 라면과 국수를 섞어서 먹거나 형은 라면 건더기를 먹고 나는 남은 국물에 밥을 말아 먹었다.

서울에서 미술대학을 가기 위해 재수할 때는 독서실에서 먹고 자며 입시 준비를 했다. 미술 학원과 입시 종합반을 다녔다. 학원비로 돈을 다 쓰면 수중에 돈이 얼마 남지 않는다. 종합반 수업을 마치고 독서실로 돌아올 때면 라면 두 봉지를 사 왔다. 다 허물어져 가는 독서실 옥상에서 라면을 끓여 먹었다. 심한 먼지바람이 불 때도 있고 이슬비가 내릴 때도 있다. 어느 이슬비 내리는 날은 버너에 불을 붙이다가 머리카락을 태워 먹기도 했다. 독서실 옥상에서 라면을 끓여 먹고 다시 미술학원을 간다. 학원을 마치면 다시 독서실로 돌아와 공부를 하다가 잤다. 다음 날 아침을 굶고 다시 학원에 간다. 학원에서 점심을 굶고 수업을 받고 또 저녁에 라면 두 봉지를 독서실 옥상에서 끓여 먹었다. 그렇게 한 달을 저녁 한 끼만 라면으로 때우니 얼굴이 퉁퉁 부어오르기 시작했다. 스무 살의 배고픔과 서러운 라면은 잊을 수 없는 기억이다.

제주에 와서 오로지 그림으로 승부해야 했던 나는 집안이 어떻게 돌아가는지도 모르고 그림에 미쳐서 하루 종일 그림만 그렸다. 어느 날 아침, 식탁에 라면이 올라왔다. 나는 아내에게 "아침부터 웬 라면이야?" 약간 투정 섞인 목소리로 말했다. 아내는 대뜸 "당신 라면 좋아하잖아."라고 퉁명스럽게 대꾸한다. 그렇게 아무 말 못하고 그러려니 하면서 아침을 라면으로 때웠다.

이후 KBS 〈사람인 제주〉에 게스트로 출연했었는데 제주에서 부부 작가로 살아가는 것에 대한 내용이다. 인터뷰 중 아내에게서 라면 이야기가 나왔다. 그 당시 아침으로 식탁에 라면을 올린 이유를 밝혔다. 아침쌀이 없었기 때문이라고 했다. 나는 4년이 지나서야 그 사실을 알게 됐다. 그때 아내는 동화 작가로 등단해서 몸무게가 39킬로그램까지 빠질 정도로 밤새워 글을 쓸 때다. 그날 아침, 집에는 쌀 한 줌밖에 없었다고 한다. 등교해야 하는 초등학교 1학년인 큰딸이 먹을 정도만 겨우 남아 있었던 것이다. 그 사실을 몰랐던 나는 가슴이 미어지는 듯하고 아내에게 너무나 미안했다.

TV에 방송이 나온 다음 날 아침, 현관을 나서니 상추며 호박이며 고추며 문 앞에 무엇인가 한가득 놓여 있었다. 동네 사람들은 방송을 보았다고 우리가 그렇게 힘들게 사는 줄 몰랐다며 안쓰러워했다. 서울에서 돈 많은 사람들이 내려와 그림 그리고 글 쓰며 사는 줄 알았다고 했다. 경제력이 없는 나로 인해 힘들었으면서도 내색 한 번 하지 않고 묵묵히 그림 그릴 수 있도록 든든한 버팀목이 되어 준 아내에게 항상 고맙고 미안하다.

어울림의 공간-제주환상 71.5×104cm 한지에 아크릴 2014년작

곰팡이와의 전쟁

제주도의 여름은 어마어마하다. 땀을 쭉 빼는 운동을 하고 싶다면 한여름 제주 바다를 바라보며 뛰는 것만 한 운동도 없다. 해안가를 뛰고 나면 해수와 땀이 뒤범벅되어 온몸이 끈적거린다. 여름에는 기압이 낮고 한라산이 불어오는 남풍을 막기 때문이다. 또 장마가 끝나고 태풍이 오면 그로 인한 피해도 제주도가 제일 먼저 본다. 다행히 태풍이 안 오거나 별 피해 없이 지나가면 그해는 안도의 가슴을 쓸어내린다.

장마철이 시작할 무렵 서귀포로 이사 온 우리는 아무것도 모른 채 여름을 보냈다. 그런데 장마가 끝난 뒤 장롱 속의 이불, 옷, 가죽 가방을 비롯하여 이삿짐 모두 곰팡이가 생겨 이사 신고식을 제대로 치렀다. 육지에서 누구라도 이사 오면 우리 같은 신고식을 치를까 봐 제습기를 꼭 사라고 권한다. 서귀포에서는 집마다 제습기가 필수품이다.

작가 노트
사람의 두 얼굴

점점 사람의 말을 잘 믿지 않게 되었다. 말하기는 너무 쉽고 말이 말로만 끝나는 경우가 많았기 때문이다. 내뱉은 말을 책임지기는 참 어렵다.

나는 실언을 싫어한다. 술자리에서도 내가 한 말과 상대가 한 말 중 약속한 말은 다 기억하는 편이다. 그래서 술을 마시면서 중요한 약속은 잘 하지 않는다. 약속을 하면 기억하고 꼭 지켜야 하기 때문이다. 살아가다 보면 거짓말을 밥 먹듯이 하는 사람도 만나고 남을 비방하는 사람도 만난다. 또 감언이설로 사람들을 현혹시켜 사기를 치는 사람도 만난다. 가만히 생각해 보면 욕심 많은 사람은 사기 당하기도 쉽다. 사기꾼은 욕심 있는 사람을 보면 온갖 능수능란한 말로 꾀어 사기를 친다.

언젠가부터 상대의 이야기를 듣기 전에 그 사람에게서 풍기는 느낌을 먼저 본다. 사람은 누구나 자기가 살아온 흔적이 눈빛과 얼굴, 온몸에 녹아 있다. 계산적으로 접근하는 사람은 사람을 계산적으로 대하기 때문에 계산하지 않는 사람의 마음을 알 수 없다. 어떤 사람들은 자신의 성장을 위해 다른 사람을 기계 소모품처럼 이용하고 또 어떤 사람들은 상대가 필요할 때만 이용하고 필요하지 않으면 버린다. 이런 사람들의 부와 명예와 권력은 누군가의 아픈 눈물로 만들어진, 욕망과 탐욕의 성이다.

어울림의 공간-제주환상 208×718cm 한지에 아크릴 2017년작

제주와 어울리는 삶에 눈뜨다

다채로운 식물들이 모여 제주의 커다란 숲이 되었다. 숲은 그곳에 사는 동물들에게 놀이터이기도 하고 집이기도 하다. 때때로 몸을 보호하는 벙커가 될 때도 있다. 곤충도 마찬가지다. 제주에서는 사람보다 곤충을 더 많이 만날 수 있다. 이들을 만나면서 숨어 있던 나의 감성이 깨어났다. 제주는 사람들의 숨은 감성을 일깨우는 곳이다. 특히 예술가에게는 감성과 영감을 얻을 수 있는 보물섬이다. 이렇듯 사람과 동물, 곤충이 대자연 속에 서로 공존하며 산다는 의미로 제주를 '어울림의 공간'이라고 생각한다. 어울림의 공간에서는 어떻게, 무엇을, 그려야 할까라는 화두가 생긴다.

인생 첫 개인전

대학을 졸업한 지 13년이 지났고 제주에 정착한 지 5년이 지났다. 대학 졸업 후 아무도 만나지 않고 칩거하여 매일 그림만 그렸을 뿐, 그때까지 개인전은 한 번도 하지 못했다. 물론 단체전도 거의 하지 않았다. 서울에 살 때는 틈틈이 공모전 출품 준비와 실험 작업 위주로 그림을 그렸다. 그렇지만 제주에서는 오로지 나만의 독창적인 세계를 찾으려고 미친 듯이 그렸다. 전시 활동보다는 오로지 좋은 그림을 그리는 것이 관건이었다. 그래야 작가 활동 또한 순조로워질 것 같았다. 정말 오랜 시간 동안 개인전 한 번 못하고 그림만 그리는 타성에 젖어 있었다.

시간이 지날수록 이러다가 진짜 그림을 포기하고 주저앉을 것만 같았다. 마흔이 가까워질수록 불안감은 더욱더 커졌고 어떻게든 빨리 개인전을 해야겠다는 생각이 들었다. 개인전 일정을 급하게 잡았다. 틈틈이 개인전을 위해 모아 두었던 돈으로 서울 인사동의 작은 갤러리에서 첫 개인전을 열었다. 대학 졸업 13년 만의 첫 개인전이다. 안도감과 첫 개인전의 어색함과 기쁨 등 온갖 감정이 밀려왔다. 아내에게 많이 미안하고 많이 고마웠다. 형편은 어려운데 전시회 경비로 돈이 너무 많이 들어갔기 때문이다. 개인전을 위해 매년 조금씩 모아 두었지만 일주일 남짓 되는 기간 동안 돈은 순식간에 사라졌다.

정말 오랜만에 교수님들과 동문들이 찾아주어서 반갑고 고마웠다. 교수님들과 동문의 격려와 칭찬과 함께 시기와 질투, 비판도 이어졌다. 전시장에 같이 있던 아내는 좋지 않은 이야기가 살짝 들릴 때마다 지혜롭게 웃으며 그쪽으로 다가가 "우리 남편 그림 정말 잘 그리지 않아요? 그림에는 천재예요." 하고 현명하게 대처했다. 아내는 그렇게 시기와 질투로 느껴지는 듣기 싫은 이야기를 센스 있게 차단했다. 나의 첫 개인전은 몇 점의 그림 판매와 함께 긍정적인 평가를 받으며 제주를 모티브로 그림을 그리는 작가 활동의 시작을 알렸다.

어울림의 공간-제주환상 42.5×63.5cm 한지에 아크릴 2016년작

어울림의 공간-제주환상 71×103cm 한지에 아크릴 2017년작

어울림의 공간-제주환상 40.5×146cm 한지에 아크릴 2017년작

내 그림과 참 잘 어울리는 사람

2005년 첫 개인전이 끝나고 2년여쯤 지났을 때다. 낯선 번호로 전화가 왔다. 자기네 대표님이 작가님을 한번 뵙고 싶어 한다고 말하는 한 직원의 전화였다. 부부 동반 식사 자리 제안을 수락하고 대표님 부부와 만났다. 대표님은 내 그림을 참 좋아한다고 말씀하셨다. 대표님은 굉장히 매너 있는 신사처럼 보였지만 한편으로는 유쾌한 소년 같은 느낌도 있었다. 그래서 동화 같은 내 그림이 좋아 보일 수도 있겠다는 생각이 들었다. 내가 생각해도 내 그림과 대표님은 참 잘 어울린다. 기분이 좋아지는 마력을 가진 분이다.

대표님이 나에게 또 제안을 했다. 자신의 식음료 레스토랑 사업장에 무료로 그림을 걸어 줄 수 있겠냐는 것이다. 그곳은 우리나라 사람이면 다 아는 서귀포에 있는 아주 큰 공공건물 안 뷔페식 레스토랑이었다. 나는 그 제안을 흔쾌히 받아들였다. 작업실이 없는 나로서는 비좁은 집에 그림을 놓아두기보다는 어디라도 그림을 걸어 두는 게 나을 것 같다는 생각에서였다.

대표님은 그림도 몇 점 구입하셨고 레스토랑에 걸 그림 액자 비용도 주셨다. 당시 경제적으로 많이 힘들었던 나에게 단비를 내려 준 은인과 같은 분이다. 지금은 다른 일을 하셔서 자주 못 보지만 가끔 연락은 한다. 워낙 밝고 쾌활한 분이어서 만나면 기분이 좋아진다. 아내는 우리가 잘되면 대표님을 절대 잊어서는 안 된다고 늘 말한다. 대표님은 가끔 만날 때마다 "우리 집에는 선생님 그림밖에 없어요."라고 하신다. 그분이 제주에서 내 그림을 제일 많이 소장하고 있다. 그만큼 내 그림을 좋아하신다는 말이다. 대표님이 그렇게 말씀하실 때마다 작가로서 가져야 할 삶의 철학과 방향, 양심과 소신에 대해서 되새겨 보게 된다.

소리 내어 말하지 않아도 통하는 사람

어떤 사람들은 자기가 제일 잘되어야 하기 때문에 남이 잘되는 꼴을 못 본다. 그래서 비방하고 시기하고 질투한다. 그것도 부족해 서슴없이 방해도 한다. 자기 길만 묵묵히 가면 되는데 왜 다른 사람이 가는 길을 방해하는지 도무지 이해가 되지 않는다. 지나고 보면 부도 명예도 권력도 부질없는 한순간이다. 부와 명예와 권력을 가진 사람 옆에서 아첨하는 사람은 그 사람과 시절 인연이 다하면 철새처럼 떠난다. 나는 굳이 말하지 않아도 마주 앉아 막걸리 한 잔 마시며 지난 삶을 회고하고 웃을 수 있는 친구를 가진 사람이 인생의 최고 승자라고 생각한다.

대학 서양화과 한 학년 선배가 있다. 우리 과 바로 옆에 서양화과 실기실이 있어서 거의 매일 마주쳤지만 가깝게 지내지는 않았다. 졸업 후에는 그림 그리느라 사람을 안 만나니 그 형과 마주칠 일은 더더욱 없었다. 대학 졸업 후 오랫동안 서로 소식을 모르고 살았다.

제주에 정착한 지 몇 년 되지 않았을 때다. 밤 12시가 넘어서 자려고 하는데 전화가 왔다. 전화를 받으니 그 서양화과 선배다. 다짜고짜 하는 말이 자기가 제주도에 왔다며 묵고 있는 곳으로 지금 올 수 있냐는 것이었다. 별로 친하지도 않았는데 밤늦게 전화가 와서 이상했지만 뭔가 썩 좋지 않은 일이 있음을 직감했다. 이 늦은 시간에 오죽했으면 전화했을까라는 생각이 들어 아내와 아이를 데리고 형이 있는 곳으로 갔다. 반갑게 인사하고 앉으니 형은 서울에서의 억울함과 속상함을 바로 토로한다. 이야기를 들어 보니 바로 달려오기를 잘했다는 생각이 들었다. 동이 트도록 그 마음을 듣고 이야기하며 같이 속상해했다. 그렇게 재회한 인연으로 형이 가끔 제주도에 내려오면 만나기도 했는데 또다시 연락이 없었다.

그 후로 시간이 꽤 흐른 뒤에 나는 첫 개인전을 하고 또 몇 번의 개인전을 더 했는데 형은 어떻게 소식을 들었는지 때마다 찾아와 축하해 주었다. 고마웠다. 굳이 연락하지 않아도 어김없이 찾아와 축하해 주는 형에게 말했다. 앞으로도 형처럼 동생처럼 친구처럼 인생을 살아가자고 말이다. 우리는 약속대로 그렇게 서로 도우며 잘되면 아낌없이 축하하고 힘들어 하면 응원하기도 하면서 잘 지내고 있다. 서로 믿고 의지하며 인생을 살아갈 수 있는 사람이 있어 나는 부자라는 생각이 든다.

어울림의 공간-제주환상 85×124cm 한지에 아크릴 2013년작

마흔세 해 만에 찾은 생애 첫 작업실

서울에서도 작업실이 없어서 집에서 그림을 그렸다. 제주에서도 7년 동안 작업실 없이 집 거실에서 그림을 그렸다. 작업실이 있으면 아무래도 일정 거리를 오가야 하기 때문에 그림 그리는 맥이 끊기기도 하고 집에 돌아오면 그리던 그림을 계속 볼 수 없다. 그림에 대한 생각 또한 조금은 멀어질 수 있다.

집에서 그림을 그리면 좋은 점이 또 있다. 잠옷을 입고 그려도 되고 더울 때는 웃통을 훌러덩 벗고 그려도 된다. 누가 뭐라고 할 사람이 없다. 집에서는 그림을 그리지 않을 때도 늘 그림이 가까이 있으니 그림에 대한 문제점을 빨리 파악할 수 있고 그림에 대한 영감도 더 잘 떠오른다. 그렇지만 큰 그림을 그릴 때는 가족들에게 많이 미안하다. 집 안이 온통 물감, 붓, 물통 등 온갖 미술 도구로 엉망이 된다. 아내와 딸은 그림을 피해서 다니느라 여간 힘든 게 아니다. 그래도 아무 불평 없이 이해해 주었다. 개인전을 한 번 하고 나면 그림 액자가 거실을 메우기 시작한다. 액자 한 개 부피는 얼마 되지 않지만 많아지면 그림 그릴 공간을 압박한다. 여기저기 집 안 곳곳에 액자를 쑤셔 박듯이 해서라도 그림 그릴 공간을 확보해야 했다.

어느 순간부터 더 이상 집에서 그림 그리기가 힘들어졌다. 작업실을 구하려고 매일매일 구역을 나누어 집 근처 남원에서부터 위미, 효돈, 서귀포 시내 쪽으로 하루 종일 발이 부르트도록 걸어 다녔다. 빈 건물처럼 보이면 주인을 만나서 임대 가격을 흥정하며 샅샅이 뒤지고 다녔다. 며칠을 다녀도 가격에 맞는 공간을 찾기 힘들었다. 서귀포 시내에서 강정동, 호근동, 서호동을 거쳐 중문동까지 일주일이 넘게 찾아다녔는데도 마땅한 작업실을 구하지 못했다. 다음 날, 작업실을 구한다는 마음을 포기하고 바람도 쐴 겸 서귀포에 나갔다. 어느 오래된 아파트 단지로 이끌리듯 갔는데 허름한 4층짜리 상가가 있었다. 상가에 올라가 보니 3층은 보습 학원이고 2층도, 4층도 빈 사무실 같았다. 순간, 여기가 내 작업실이구나라는 생각이 들었다. 당장 관리실에 찾아가 물어보니 빈 사무실이 맞다고 했다. 다음 날 2층 주인을 만나 계약했다. 마흔세 살 나이에 처음으로 내 작업실이 생긴 것이다! 일주일이 넘게 발품 팔아 찾은 귀한 선물이었다. 지금도 이 작업실에서 그림을 그린다. 여기도 그림 액자가 차오른다. 또 어디로 이사해야 하나 걱정이다.

어울림의 공간-제주환상 85×124cm 한지에 아크릴 2011년작

한글 문자도

조선 시대 민화에는 문자도가 있다. 민화는 주로 조선 시대 전문 화원, 화가가 아닌 서민들의 그림이다. 대학 다닐 때 화집을 통해 민화를 접하면서 언젠가는 한문이 아닌 한글로 문자도를 그려야겠다고 생각했다. 나는 어떤 대상을 보고 그림을 그리고 싶다고 해서 바로 그리지는 않는다. 물론 대학 때는 즉흥적인 감정으로 많이 그렸던 적도 있지만 말이다.

제주에 와서 어느 날 문득 문자도를 그리기로 했다. 갑자기 왜 그런 결심을 했는지는 잘 기억나지 않는다. 아마 중국에 대한 좋지 않은 감정이 한글에 대한 사랑으로 표현된 것 같다. 한글을 잘 들여다보면 참 재미있는 형상이 많다. 한글은 조형적 매력이 있기 때문에 작가들이 가끔 한글을 작품 소재로 쓴다. 단순하면서도 서로 다 다르고 자음과 모음을 뒤죽박죽 섞어 놓으면 예술 작품 같기도 하다.

내가 그리는 제주 이미지를 긍정적인 느낌의 단어와 함께 조합하

어울림의 공간-문자 환상 26.5×20cm 한지에 아크릴 혼합 2008년작

여 2년 동안 그림을 그렸다. 중간중간 개인전을 준비했어야 했기에 한글 문자도를 그리는 데 2년이란 긴 시간이 걸렸다. 그런데 어느 날 아침, 2년 동안 그렸던 수많은 그림 대부분에서 내가 생각했던 한 부분을 놓치고 있다는 것을 깨달았다. 그것은 색채 변화에 대한 문제다. 문자도를 수정하는 데 또다시 1년이 걸렸다. 결국 문자도를 완성하는 데는 3년이라는 시간이 훌쩍 지나갔다. 계획대로라면 한글날을 기념해서 세종문화회관에서 전시했겠으나 또 다른 전시 계획에 밀려 발표하지 못했다. 나의 문자도는 지금까지 작업실에서 잠자고 있다.

제주 사람으로 물들다

동화 작가인 아내는 제주 땅은 아무나 살 수 있는 땅이 아니라고 늘 말한다. 그러니 우리가 제주에서 오래 살았다는 것은 우리를 제주 땅이 받아들였기 때문이고 제주 사람들이 받아들였기 때문이라고 생각한다. 누군가 제주를 배타적 지역이라고 느끼는 것은 제주 사람들의 마음속에 경계가 아직 남아 있다는 뜻이다. 함께하는 긴 시간과 올바름만이 그 경계의 벽을 넘어서는 방법이라고 생각한다.

3천 배를 올리고

제주에 내려온 지 벌써 8년도 훌쩍 지나고 곧 10년을 바라보는 해였다. 지난 시간, 정말 열심히 그림을 그렸는데 막상 뒤돌아보니 별로 한 게 없는 것 같다. 시간만 흘렀나라는 생각마저 든다. 그림은 죽도록 해도 힘들고 어렵다. 눈앞에 보이는 것 또한 없다. 이제는 한계인가 싶다. 지푸라기라도 잡고 싶은 심정이다. 부처님께 다리가 부러지도록 절이라도 해서 좋은 그림을 그리게 해 달라고 기도하는 것 외에 남은 게 없다.

부처님은 한 가지 원을 세우고 3천 배를 하면 그 소원을 들어주신다는 이야기를 들은 적 있다. 당장 약천사 주지 스님을 찾아갔다. 부처님께 3천 배를 올리고 싶다고 말씀드렸다. 둘째 아이 출산을 앞두고 친정에 가 있던 아내는 신심이 아주 깊은 불자다. 내가 3천 배를 할 것이라는 말에 아내는 그날 아침을 가볍게 먹으라고 했다. 배가 부르면 속이 불편해서 절하기 힘들다고 했다.

2009년 가을 끝자락 어느 새벽녘, 서귀포 중문에 위치한 약천사로 향했다. 아내 말대로 아침 식사를 간단히 하고 나섰다. 108염주를 돌리며 아무도 없는 캄캄한 법당에서 관세음보살을 외며 절을 했다. 한참 동안 절하다 보니 새소리와 함께 여명이 밝았다. 이내 아침이 되고 온몸은 땀으로 뒤범벅이 되었다. 눈물과 콧물도 그칠 줄 모르고 나온다. 1천 배를 하고 나니 제대로 일어날 기력조차 없다. 똑바로 일어나지 못하고 넘어지기를 반복했다. 아내 말대로 아침을 간단히 먹었더니 뱃심조차 없어 절하고 일어나기가 너무 힘들다. 오전에 2천 배를 마쳤다. 그리고 점심 공양을 했다. 배가 너무 고파서 공양을 많이 했다. 오후에 남은 1천 배를 하는데 이번에는 점심 공양을 너무 많이 해서 속이 불편했다. 오후 4시 30분쯤 3천 배를 마쳤는데 주저앉아 꼼짝을 못하겠다. 발걸음 옮기는 것도 힘들다. 기진맥진한 상태로 법당을 나서는데 땀범벅이 된 나를 가을바람이 휙 스치고 지나가며 법당 밖 흔들리는 풀처럼 흔들어 놓았다. 순간, 풀 한 포기도 소중하게 느껴졌다.

작가 노트

마음의 점

예전에는 어떤 기법의 효과를 내기 위해 평붓을 썼던 적도 있지만 원래 나는 터치로 그림 그리기를 좋아한다. 몇 년 전부터 전시회를 할 때마다 일부 관람객이 점으로 그려진 그림을 보고 이것을 다 점으로 찍어서 그린 것이냐고 물으며 그리기 참 힘들었겠다고 말한다.

개인적으로 일필로 빨리 그려진 그림보다 붓 터치가 쌓여 둔탁하게 느껴지는 그림을 좋아한다. 그런 그림은 푸근하고 질리지 않는 인간적인 냄새가 많이 나기 때문이다. 그리고 세련된 그림보다 투박하고 좀 서툰 그림에서 인간미를 더 느낀다. 순수하게 내 개인적인 취향이다. 테크닉이 좋은 세련된 그림보다 서툴러도 편한 마음으로 그린 그림이 더 가깝고 친근감 있게 느껴져서 좋다. 대학 시절에는 잘 그려야 된다는 생각 때문에 테크닉을 중시한 적도 있지만 그것은 잘 그린 그림일 뿐 좋은 그림은 아니라고 생각한다. 한때는 그 누구보다도 열심히 즉흥적으로 뿜어낸 감정을 그리기도 했지만 그렇게 그린 그림 또한 너무 미니멀한 세계로 가서 어느 순간부터 그림을 그리기 어려운 한계에 부딪쳤다.

나는 어떤 사조나 유행을 넘어 나만의 창작 세계를 찾기 위해 대상과 대화하고 소통한다. 대상을 오랫동안 보다 보면 대상과의 교감 속에서 대상을 어떻게 그려야 할지가 정해진다. 작가는 수행하듯이 그림을 그려야 한다고 생각한다. 나는 작가이지 그림을 상품처럼 팔기 위해서 찍어 내는 생산자가 아니다. 그림에 점 하나 찍는 것은 그림에 대한 내 마음 하나를 찍는 것과 같다.

어울림의 공간-제주환상 103×144cm 한지에 아크릴 2014년작

어울림의 공간-제주환상 103×145cm 한지에 아크릴 2011년작

어울림의 공간-제주환상 85×124cm 한지에 아크릴 2011년작

멋진 공무원, 열정적인 공무원!

　서귀포시 공무원에게 전화를 걸었다. 여러 권의 그림책 일러스트 작업을 했고 그림책 원화를 많이 가지고 있다고 내 소개를 하며 지역 문화의 확장을 위해 전시회 겸 어린이 그림책 그리기 이벤트를 하면 어떻겠냐고 제안을 했다. 그 공무원은 이것저것 물어보더니 참 좋을 것 같다며 당장 작업실로 찾아오겠다고 했다. 얼마 후 그 공무원을 만나 관련 행사에 대해 이런저런 이야기를 나누었다. 그리고 며칠이 지나 그 공무원은 내부 회의 끝에 내가 제안했던 전시회와 이벤트를 추진하기로 했다며 연락을 했다. 적극적으로 열심히 일하는 공무원을 만나서 기분이 좋았다. 행사는 만족스럽게 끝났다.

　행사가 끝나고 한참이 지난 어느 날, 인사이동이 있어 제주시로 간다며 그가 직접 찾아와 인사를 하고 갔다. 그리고 2년이나 지난 후에 그에게서 다시 전화가 왔다. 그는 안부를 물으며 교육 센터로 발령을 받았는데 성인 대상으로 일러스트 강의를 해 줄 수 없겠냐고 했다. 그

때만 해도 제주도에서는 일러스트 강의가 없던 터라 적극적으로 강의를 요청했다. 제주 10년을 마무리하는 전시 준비가 막바지여서 시간상 여의치 않았지만 나를 기억하고 다시 찾아 준 공무원에게 감동하여 강의를 나가기로 약속했다. 정말 나중에 알게 된 이야기지만 더 감동적이게도 그 공무원은 꾸준히 아동보호기관을 돕는 등 선행이 일상인, 아름다운 마음을 지닌 사람이었다.

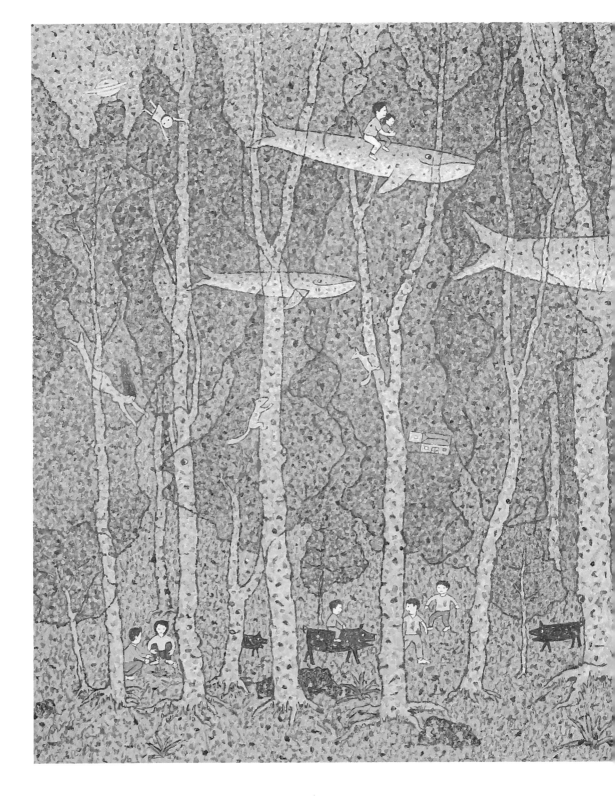

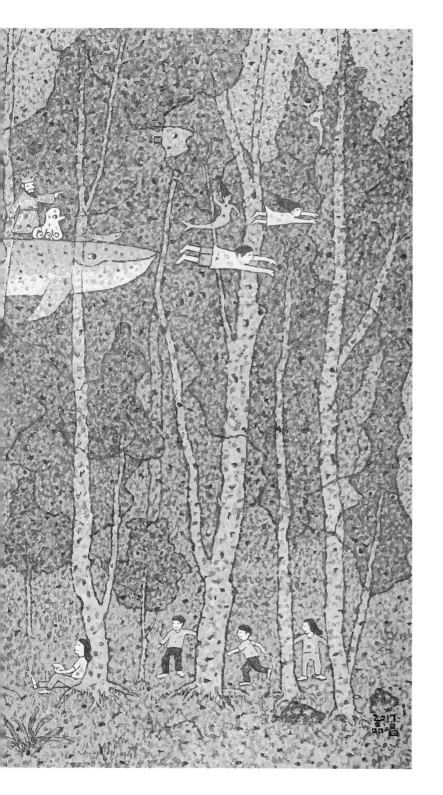

어울림의 공간-제주환상
145×210cm 한지에 아크릴 2017년작

대학 시절부터 아이들을 지도하려고 아동 미술교육을 공부했지만 성인 대상 미술 강의, 동화 일러스트 강의는 처음이라 어떻게 해야 할지 고민이 많았다. 실기 위주로 진행되는 강의지만 쉽지 않을 것 같다는 생각에 부담이 날로 커졌다. 여태껏 그림만 그렸지 교육에 특화된 지식을 가진 것도 아니고 체계적인 지도 방법도 몰라 더 고민스러웠다. 시간이 지나면서 강의에 대한 심리적 압박은 점점 더 심해졌다. 6개월이 넘는 오랜 고민 끝에 어떻게 강의해야 할지에 대한 답을 얻었다. 강의를 잘하려고도 하지 말고 아는 척하지도 말고 내가 그림 그리면서 경험하고 터득한 것을 바탕으로 소통해야겠다는 것이다. 수강생을 그림 그리는 화우라 생각하며 편하게 강의하면 좋을 것 같았다.

2010년 9월, 제주시에 있는 문화센터로 미술 강의를 나갔다. 문화센터에 그림을 배우러 오는 수강생은 모두 나처럼 어렸을 때부터 화가의 꿈을 꾸었지만 주변 여건 때문에 포기했다가 늦은 나이에 다시 그림을 시작하는 사람이라고 생각했다. 그래서 강의를 통해 많은 도움을 주고 싶었다. 그런데 실제로는 내 생각과 다르게 취미로 그림을 그리고 싶은 사람, 그림을 배우면서 다른 사람을 만나고 싶은 사람들이 대부분이었다. 드물지만 뒤늦게 화가의 꿈을 이루기 위해 그림을 시작한 사람도 있긴 했다. 강의가 종료될 즈음에는 그림을 계속하고 싶은 수강생들의 열정으로 전시회 그룹이 만들어졌다. 그들은 이후 11년이라는 긴 세월 동안 매년 전시회를 하고 그림책 작가가 되고 작품 활동과 전시를 꾸준히 이어 갔다. 머지않아 세계 어린이들이 모두 좋아하고 사랑하는 멋진 그림책을 만들기를 기대하며 응원을 보낸다.

열 평 작업실에서 만들어 낸 제주환상

　내가 그림 그리는 공간은 그렇게 크지 않다. 공간이 작게 몇 개로 분리되어 실제 작업할 수 있는 공간은 열 평 남짓이다. 이번 전시회에서는 제주 10년을 함축하여 담아낼 작품을 그리고 싶었다. 작업실 바닥 전체에 깔아 놓은 작업 판에 세로 2미터 가로 7미터가 넘는 종이를 붙였다. 종이 위에 올라가서 스케치하고 채색할 수밖에 없다. 나는 그림을 주로 눕혀 놓고 그린다. 큰 그림을 세울 공간도 되지 않거니와 혼자서는 큰 그림을 세우지도 못하기 때문이다. 큰 그림을 그리기 전에는 같은 주제나 내용으로 먼저 여러 번 스케치를 작게 한 후, 여러 점 완성해 본다. 마음에 드는 작은 그림이 있으면 다시 더 크게 그려 본다. 이런 과정을 거치는 이유는 큰 그림은 바로 그리면 그리다가 전체 구성과 색채가 마음에 들지 않을 때 수정하기가 너무 힘들기 때문이다. 또 큰 그림은 말 그대로 크기가 커서 작업량이 많다. 그래서 그리다가 너무 지치면 그림 위에 그냥 쓰러져 잠시 눈을 붙일 때도 있다.

또 다른 대작은 전복 껍데기 368개를 캔버스에 붙여서 제주도를 형상화하는 것이었다. 전복 껍데기는 표면에 기생하던 생명의 흔적을 모두 제거해야만 물감이 제대로 칠해지고 떨어지지 않는다. 그래서 수백 개의 전복 껍데기를 쇠 솔로 깨끗이 씻고 그래도 남아 있을지 모를 이물질을 제거하기 위해 염산과 락스 같은 화학제품을 쓴다. 그림도 그리기 전에 전복 껍데기의 불순물을 제거하느라 지문이 서서히 닳아 없어졌다. 이 과정을 몇 달 동안 하면 손바닥에서 피가 터지면서 두 손이 만신창이가 된다. 아무래도 약품과 세제의 독성 때문인 것 같다. 368개의 전복 껍데기 표면에 하나하나 그림을 완성하며 2년이라는 긴 시간 동안 제주 10주년 전시를 차근차근 준비했다.

김녕

함덕

세화

우도

성산일출봉

성읍

온평

포선

남원

2010

어울림의 공간-제주환상 155.5×121.5cm 전복 껍데기에 아크릴 2010년작

설섭

제주를 훔치다

제주 10주년 개인전을 준비하느라 너무도 힘들고 바빴다. 이번 전시회를 성공적으로 치러야 앞으로의 작가 활동이 순조로울 것 같다는 생각이 들었다. 전시회 직전에는 보도 자료를 언론사에 우편으로 보내기도 하고 서울에 가서 직접 기자를 만나 전달하기도 하며 적극적으로 홍보했다. 그 결과 며칠 뒤 MBC 뉴스데스크 보도국 문화부 차장님으로부터 연락이 왔다. 자료를 잘 받았다며 잠시 미팅을 하자는 것이다. 약속한 날 저녁때쯤 방송국 로비에서 문화부 차장님을 만났다. 문화부 차장님에게 제주 10주년 기념 전시회에 대한 이야기와 제주살이를 들려주었다. 문화부 차장님이 내 이야기의 어떤 부분에 공감을 했는지는 모르지만 꼭 다시 연락하겠다고 하며 방송국 안으로 급히 들어갔다.

다음 날 차장님으로부터 서울에서 전시가 열리기 전에 서귀포 작업실 취재를 하고 싶다는 연락이 왔다. 기쁨과 동시에 걱정이 앞섰다. 2011년 2월 16일 수요일이 서울에서 열리는 제주 10주년 전시회 오프

닝 날이다. 그런데 서귀포 작업실 촬영을 14일 오전에 온다는 것이었다. 그 일정도 갑자기 오후로 변경되면서 작품 포장도 못하고 취재 팀을 기다렸다. 차장님은 늦게 와서 많이 미안하다고 했다. 작품을 제대로 보내지 못할까 봐 애가 탔지만 이번 전시회에 사활을 건 나로서는 뉴스 보도도 굉장히 중요했다. 9시 뉴스가 어떤 홍보보다 더 큰 파급력을 가질 거라는 기대가 있었다.

월요일 오후 4시, 잿빛 가득한 하늘에서 눈이 내리기 시작했다. 전시 준비로 바빠서 포장 박스를 구하지 못했던 나는 그림을 포장할 튼튼한 빈 박스를 정신없이 구하러 다녔다. 저녁이 되어서야 아내와 같이 그림 포장을 시작했다. 늦은 밤까지 포장하다가 아내는 서울로 올라갈 준비를 하려고 집으로 갔다.

다음 날 아침 6시 30분, 예약한 용달차가 도착했다. 밤새 포장했는데도 그 시간까지 그림 포장을 마무리하지 못했다. 약속 시간이 되어 작업실에 올라온 용달차 기사는 포장이 완료되지 않은 상황을 보고 어이없어 하며 우두커니 서서 내가 포장하는 모습을 바라보고 있었다. 나는 나도 모르게 "아저씨 지금 뭐 해요? 같이 포장하지 않고!" 하고 소리를 버럭 질렀다. 지금 생각하면 너무 미안한 일이지만 그 당시에는 악만 남았던 것 같다. 포장을 다 끝내고 나니 온몸이 땀으로 뒤범벅이었다. 씻지도 못하고 입은 옷 그대로 녹초가 된 채 용달차에 실려 공항으로 갔다.

제주도에 살면서 서울에서 전시하는 것은 결코 쉽지 않다는 것을 다시금 느꼈다. 특히 큰 그림을 많이 그리는 나로서는 더욱 그렇다. 완벽한 포장은 필수고 용달차를 빌려 제주 공항으로 가야 하고 공항에 도착해서는 그림이 엑스레이 검색대를 통과해야 한다. 그러나 제주 공항에 있는 검색대는 작아서 큰 그림이 통과되지 않는다. 그래서 육안 검색을 해야 했다. 육안 검색을 하려면 그림 포장을 다시 풀어서 내부를 보여 주고 장비로 검색한 후 다시 포장해야 한다.

　무사히 김포 공항에 도착하면 화물 청사로 가서 그림을 찾고 또 용달차를 불러 전시장까지 가야 한다. 작품 운송 과정이 너무 복잡하고 정신없다. 그 와중에 한 번도 전체 그림을 제대로 볼 수 없었던 7미터가 넘는 그림이 걱정이다. 작업실이 좁아서 1년 동안 그리면서도 그림 전체를 한 번도 세워 펼쳐 볼 수가 없었기에 더욱 걱정이었다. 그림을 걸러 온 선후배 동문들에 의해 말려 있던 7미터 그림이 서서히 벽면에 풀리면서 그림 전체를 제대로 볼 수 있었다. 순간 "아, 됐다!"라는 안도의 한숨이 가슴 깊은 곳에서부터 터져 나왔다. 그림을 같이 걸던 친구들과 동문들도 환하게 웃으며 제주도를 전시장에 옮겨 놓은 것 같다고 말했다.

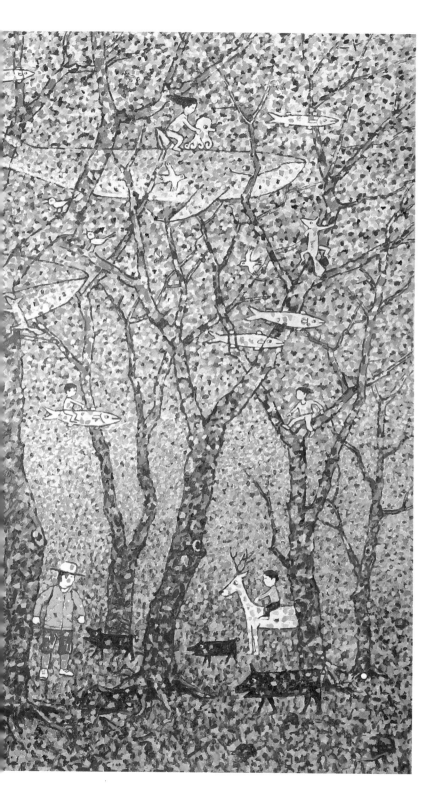

어울림의 공간-제주환상 145×210cm
한지에 아크릴 2017년작

제주 10주년 전시가 이어 준 특별한 인연

기사를 보고 전시장을 가족과 함께 온 어떤 관람객이 있었다. 그분은 전시된 그림을 관심 있게 둘러보더니 내게 물었다. 한 그림이 마음에 드는데 집에 걸기에는 큰 것 같아 조금 작게 그려 줄 수 있냐고 했다. 그렇게 하겠다고 하니 불쑥 계약금 100만 원과 명함을 주며 전시회가 끝나면 연락을 달라고 했다.

전시가 끝나고 연락했더니 흔쾌히 전화를 받으며 저녁을 같이 하자고 했다. 그동안 나는 사람을 잘 만나지 않았기 때문에 누군가와 마주앉아 이야기하는 것 자체가 낯설었지만 그분이 자리를 편안하게 이끌어 주어 그리 어색하지는 않았다. 그분은 아버님이 그림을 많이 좋아하셨다면서 그림 그리는 사람을 보면 돌아가신 아버님 생각이 난다며 운을 뗐다. 얼마 전까지만 해도 사업 관련 일로 제주에 자주 갔고 제주도와는 각별한 인연이 있다고 했다. 마음에 드는 전시가 있으면 꼭 챙겨서 관람을 하고 전시된 그림 중 한 점은 구입한 후, 작가를 만나 식사를 하면서 이야기를 나누어 본다고 한다. 사실 예전에 좋아했던 화가가 있었는데 그 화가가 그림이 잘 팔리고 돈이 모이기 시작하니 사람을 고용해서 일당을 주고 그림을 그리더라는 경험담도 들려주었다. 그 화가에 대한 실망이 고스란히 전해졌다. 하루에 커피 한두 잔을 줄이고 그 돈을 모아 자신이 좋아하는 그림을 구입하는데, 그 그림을 감상하고 행복해지면 하는 일 또한 잘 풀린다는 말에는 문화 예술에 정말 관심이 많은 분이라는 것을 알 수 있었다.

그렇게 인연을 맺은 후 그분은 내가 전시회를 하면 늘 오셔서 그림을 구입하신다. 변함없이 좋은 작품 하라며 응원해 주시고 힘까지 실어 주신다. 서울에 올라오면 맛있는 저녁과 함께 선물도 주신다. 나와 비슷한 삶의 철학을 가진 분과 함께 하는 시간은 너무나 즐겁고 좋다.

지금은 회장님이라 부르는 그분과 깊은 인연을 맺은 지 벌써 12년이 넘어간다. 여전히 내가 그림에 매진할 수 있는 것도 회장님처럼 내 그림을 좋아하고 소장하는 수집가가 있기 때문이다. 제주살이 10년 삶이 담긴 〈김품창 제주 10년을 훔치다〉 개인전은 회장님 같은 많은 관람객의 호응 덕분에 무사히 마쳤다. 물론 약천사 3천 배의 부처님 가피도 있지 않았나 하고 생각한다.

어울림의 공간-제주환상 34×45cm 한지에 아크릴 2020년작

작가 노트
화가의 기준

화가는 올바른 작가 정신을 가지고 작업에 임해서 작품을 후대에 가치 있는 문화유산으로 남겨 주어야 한다고 생각한다. 작가는 그림에 매진하여 힘을 쏟아야 한다. 그렇지만 대부분의 작가들은 생계를 위해서 그림 그리는 것 외에 많은 일을 병행하고 있는 것이 현실이다. 그러다 현실 고난을 견디지 못해 포기하는 작가도 많다. 창작활동을 하면서 개인전 전시 비용을 마련하기는 쉽지 않다. 이번 전시회 때 그림이 판매되지 않는다면 다음 전시회는 기약 없이 밀릴 수 있다. 그렇다고 작가가 그림을 판매하기 위해서만 그림을 그린다면 자칫 상업주의에 빠지기 쉽다. 예술성은 간데없고 그림이 돈벌이 수단으로 전락해 버리는 것이다. 돈의 노예가 되어 물건을 생산하듯이 찍어 낸 그림은 그냥 공산품일 뿐이다. 작가의 혼이 들어 있지 않다. 작가는 최소한의 양심과 자존심이 있어야 한다. 화가는 정신세계를 살아가는 것이지 물질세계를 살아가는 것이 아니다.

나는 생선 장수

서울에 있을 때는 시장 사람을 소재로 그림을 많이 그렸다. 시장에 가면 사람 사는 모습을 제대로 볼 수 있다. 서귀포 부두에 가면 시장에서처럼 사람들의 삶의 열정을 느낄 수 있다. 이른 아침 서귀포항에는 전날 오후에 나갔던 고기잡이배가 돌아오고 부두는 선원들과 상인, 고기를 사러 온 사람들로 북적인다. 금방 잡아 올린 갈치와 고등어에서 비릿한 바다 냄새와 함께 싱싱함이 느껴진다. 그날그날 어획량에 따라 고깃값이 달라지지만 가끔 고기가 많이 잡힌 날에는 평소보다 가격이 훨씬 싸다. 여기서 고기를 사서 서울로 택배 판매를 하면 될 것 같다는 생각이 들었다. 아침 일찍 부두에 나와 잠시 부지런을 떨면 물감값이라도 벌 수 있을 것 같았다. 서울에 있는 누님을 통해 갈치나 고등어를 살 사람을 알아봐 달라고 했다. 마침 사겠다는 사람들이 있었다. 주문을 받아 어느 정도 양이 되면 생선을 사서 부치는 방법으로 장사를 시작했다. 서울에서는 당일 잡힌 생선을 먹기가 쉽지 않아 그런지 생각보다 사고 싶어 하는 사람이 많았다. 물론 생선이 쌀 때만 가능한 일이고 비싸 때는 어림도 없다. 2~3년 동안 갈치와 고등어 장사를 하다가 갈치가 금치가 되고 고등어가 금등어가 되어 그만두었다. 지금도 부두에 가면 상인들이 나를 알아보고 "사장님, 고기 좀 사."라고 한다.

그림의 가치

일반적으로 생활용품은 돈을 주고 구입한다. 그렇지만 그림은 돈을 주고 구입하려고 하지 않는다. 사람들은 대부분 그림을 공짜로 한 점 얻기를 참 좋아한다. 그림을 돈 주고 구입하는 게 익숙하지 않아서이기도 하지만 그림은 화가가 쉽게 쓱쓱 그리는 것이라고 생각하기 때문이다. 옛날 도공은 마음에 들지 않는 도자기는 모조리 깨 버렸다. 혼신의 힘을 다하지 않았다고 생각해서가 아니다. 다만 굽는 과정에서 의도치 않게 생긴 문제로 원하는 작품이 나오지 않았기 때문이다. 그림도 마찬가지다. 쉽게 그려지는 그림은 없다.

채색화와 다르게 수묵화로 그려진 동양화나 서예는 많은 양의 작품을 해야 필력이 생기면서 그림이 기운생동하기 때문에 다작을 할 수밖에 없다. 그래서 습작이 많다. 습작을 지인의 잔치나 기념일에 선물하고 행사에서 선물로 주기도 한다. 또 취미로 그림을 그리는 사람들 중에 그림을 좀 그리게 되면 선물로 잘 준다. 당연히 사람들은 그림을 사는 것에 익숙하지 않고 얻는 것에 익숙해질 수밖에 없다.

가끔 동료 화가들과 만나서 나누는 이야기 중 하나는 사람들이 화가라고 하면 다짜고짜 그림 한 점 달라는 말을 너무 쉽게 한다는 것이다. 작가들이 제일 싫어하는 말이다. 또 싫어하는 질문이 이 그림은 몇 시간 만에 그렸냐고 묻는 것이다. 대부분의 작가들은 이렇게 답한다고 한다. "지금 이 나이까지 그렸습니다."라고 말이다. 프로 작가는 생활고를 겪으면서도 모든 에너지를 오로지 창작 작업에 쓴다. 그 어떤 작품도 작가의 분신이 아닌 것이 없다. 물론 정말 고맙거나 신세를 많이 졌을 때는 그 빚을 갚기 위해 그림을 선물하기도 한다. 어쩌다 돈을 벌어서 작가의 그림을 소장하고 싶다고 말하는 사람을 만나면 진심으로 감동받는다.

살아가는 땅에 대한 예의

제주도는 생각보다 많이 배타적이다. 처음에는 도무지 이해가 가지 않았다. 인사를 해도 잘 받아 주지 않고 말을 걸면 퉁명스럽게 대답하고…. 제주 사람에게 나쁜 짓을 한 것도 아닌데 경계의 눈으로 바라본다. 사람을 별로 만나지 않는 나는 크게 신경 쓰지 않았지만 도무지 왜 그런지 이해는 가지 않았다. 그렇게 10년의 세월이 흘렀다.

이중섭미술관 창작스튜디오 입주 작가와 서귀포의 기획자 몇 명을 문화 예술 관련 프로젝트에서 만나게 되었다. 어느 날 사석에서 입주 작가 한 명이 서귀포는 도시 디자인에 문제가 있다는 말을 시작으로 이것저것 서귀포의 문제를 거침없이 지적했다. 기분이 좋지 않았다. 나는 10년 동안 제주에 살면서 그런 말을 한 번도 한 적 없는데 서귀포에 온 지 얼마 되지 않은 사람이 서귀포에 대해 너무 쉽게 말하는 것처럼 보였다. 제주의 역사와 문화 환경, 제주 사람의 정서를 알고나 말하는 것일까? 로마에 가면 로마법을 따르라는 말이 있다. 제주에 오면 제주의 법을 따라야 한다고 생각한다. 나도 어느덧 제주에 물들었다는 생각이 들고 제주 사람들의 가슴앓이를 조금은 이해할 수 있었다.

제주에 10년을 살자 여기저기 아는 사람이 생긴다. 서귀포에 살면서 알게 된 형님이 있다. 건축설계 관련 사업체를 운영하는 분인데, 제주 생활 10년이 지난 뒤 지인 소개로 만났다. 서귀포가 고향이면서 문화 예술을 참 좋아하고 서귀포 지역 발전을 위해 늘 애쓰시는 분이다. 그림을 그리는 나에게도, 작품 활동에도 관심을 많이 주신다. 만날 때마다 형님은 늘 "밥은 내가 산다."고 하셔서 식사를 같이 하자고 말하기도 죄송할 정도다. 형님은 처음 만났을 때부터 여러 가지로 정말 많은 도움을 주셨다. 나를 아무 조건 없이 대하셨는데, 그건 지역과 사람에 대한 경계를 넘어섰다는 뜻이었다. 그때까지만 해도 나는 제주 사람이라는 생각으로 살면서도 한편으로는 스스로 외지인임을 의식하지 않을 수 없었다. 그런데 제주 사람들이 나를 먼저 제주 사람으로 받아

들여 준 것이다. 진심은 통한다고 했던가.

　오롯이 20년 넘게 제주에서 살면서 마음을 다해 올곧이 정착했다. 제주에 살려고 온 사람 중 일부는 사람 관계로 몇 년 살다가 제주를 떠나기도 하고 일부는 사업하러 내려왔다가 기대했던 것보다 시장이 좋지 않아 떠나기도 한다. 그래서 짧게는 1~2년 길면 4~5년이다. 물론 정착해서 잘 사는 사람도 많다. 중요한 건 모두가 사람 관계라는 것이다. 특히 서귀포는 더 그렇다. 식당에 가서 밥을 먹으면 꼭 아는 사람이 한두 테이블 자리하고 있다. 아는 사람이 없다가도 금방 아는 형님 동생이 들어오고 친인과 동문을 마주치게 된다. 하여튼 서로 다 아는 사람들이다. 그래서 제주 사람들은 서로 조심하면서 살아간다. 할 말이 있어도 다 못하고 좋지 않은 이야기는 들어도 못 들은 척한다.

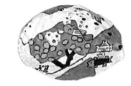

어울림의 공간-제주환상 전복 껍데기에 아크릴 2010년작

서울에 있을 때도 그랬지만 제주에서도 그림만 그렸기 때문에 창작 작업 외에 다른 외부 활동은 거의 하지 않았다. 인간사가 그렇듯이 사람 관계는 말도 많고 탈도 많다. 심지어 누군지는 모르지만 서울에서 내 그림을 비판하더라는 이야기까지 들린다. 가만히 있는데도 이런 이야기가 나오는데 사람을 만나고 돌아다니면 사람들의 입에서 연신 내 이야기가 오르내릴 것이 분명하다. 다행히 그동안 그림 그리느라 세상을 등지고 살아서 이 정도라고 스스로 잘했다는 생각마저 든다.

지금은 내가 무엇인가를 하려고 쫓아다니지 않아도 그림에 관계된 제안이 들어와서 작품에 집중할 수 있는 시간이 더 생겼다. 이렇게 정적으로 생활하던 나에게 제주에서 발효 약재를 연구하는 선생님이 제주 10주년 기념 전시회에 홍가이 박사님을 모시고 오셨다. 홍가이 박사님은 예술철학, 언어학 등 학문 전 분야를 공부하셨고 MIT 철학 박사로 해외 여러 명문 대학에서 교수까지 지낸 세계적 석학이다. 홍가이 박사님은 전시장에 걸린 작품을 두루 살피더니 7미터 대작 앞에 한참을 머무르셨다. 이 작품이 참 좋다고 하시며 다음에 당신이 평론을 한번 써 보겠다고 하셨다. 그렇지 않아도 그림 평론을 써 줄 사람을 찾고 있었다. 그림에 대하여 정확한 평론을 할 수 있고 방향성에 대한 고민을 함께 소통할 수 있는 분을 만난 것은 나에게 크나큰 행운이다. 작품활동의 성공 여부는 작가에만 좌우되는 것이 아니다. 갤러리, 기획자, 평론가 등 모든 분야가 작가랑 잘 맞아야 한다. 작가의 작품을 잘 이해하고 정신세계도 공감할 수 있는 평론가를 만나는 것은 대단히 감사한 일이다. 살아가면서 인생 퍼즐 조각을 맞추어 하나의 완성체를 이루듯이 때가 되면 화가로서의 나의 퍼즐도 하나하나 맞추어져 완성될 것이라고 생각한다.

가로수의 비명

2014년 늦은 봄이었던가? 잊을 수 없는 사건이 생겼다. 작업실은 서귀포 시내에 있고 집은 서귀포 외곽 남원읍에 있다. 작업실에서 집까지 승용차로 25분쯤 걸린다. 가끔은 작업에 빠져서 며칠씩 집에 안 들어갈 때도 있다. 그때도 며칠 동안의 작업을 마치고 오랜만에 집으로 향했다. 내가 사는 동네에 다다를 때쯤 마을이 썰렁하다는 느낌이 들었다. "이건 뭐지?"라는 생각에 자세히 주변을 살펴보니 아뿔싸, 가로수 밑동이 전기톱에 다 잘려 나뒹굴고 있는 것이었다! 흥분을 감추지 못하고 남원 읍사무소에 전화를 걸어 가로수를 자른 이유가 뭐냐고 캐물었다. 읍사무소에서는 남원리 마을에서 잘랐다는 것이다. 당장 마을 회관으로 달려가 이장을 만났다. 나무를 자른 경위에 대해 물었다. 어처구니없는 대답을 들었다. 태풍에 가로수가 쓰러지기도 하고 나무에 병충해가 생기기도 해서 잘랐다는 것이었다. 황당했다. 태풍이 강하게 부는 해에는 나무가 한두 그루씩은 쓰러지기도 한다. 지극히 당연한 현상이다. 병충해가 생기면 약을 치면 된다. 이것 또한 당연한 일이다. 말이 되지 않는 논리로 가로수를 모두 잘라 버린 것이다. 앞으로의 계획에 대해서 물었다. 가로수 정비 사업으로 화단을 만들기로 했단다. 주민 동의도 없이 마을 이장과 마을회 관련 임원 일부가 내린 결정이었다. 주민들의 동의를 얻었다면 내가 그 일을 모를 리가 없다. 치밀어 오르는 화를 참고 나는 다시 나무를 심으라고 이야기했다. 마을 이장에게 한 시간 동안 다시 나무를 심으라고 이야기했지만 도무지 말이 통하지 않았다. 이장은 대화를 할 생각조차 없었다.

마을 회관에서 나와 읍사무소와 서귀포 시청에 항의 민원을 내고 공사 중단을 요청했다. 공사는 중단되었다. 언론에도 제보했다. 잘린 나무를 일일이 헤아려 보았다. 178그루 정도다. 다시 한 번 마을 이장에게 나무를 심으라고 건의했다. 아내와 내가 주축이 되어 일부 주민을 모아 마을과 읍에 계속 항의했다. 얼마 후 먼나무 70그루를 심기로 합

의하며 일이 마무리되었다. 이후 얼마 지나지 않아 나는 가로수 사건과 관련 없이 남원을 떠나게 되었다.

　가끔 남원에 가 보곤 한다. 남원읍에 가면 겨울에 빨간 열매가 빼곡히 달리는 먼나무 가로수가 나를 본다. 그렇지만 당시에 나무가 잘린 현장에 대한 아픈 기억은 뇌리에서 지워지지 않는다. 만약 전기톱을 들고 쫓아오면 사람들은 경악을 금치 못하고 비명을 지르며 도망칠 것이다. 나무라는 이유로 그 자리에서 비명 한번 못 지르고 잘려야만 했던 사실이 너무 가슴 아프다. 그 사건 이후로 그림에 나무도 사람과 같이 눈을 그리기 시작했다. 돌에도 숲에도 눈을 그려 넣었다.

어울림의 공간-제주환상 38×45.5cm 한지에 아크릴 2016년작

내가 그린 것은 내 것이 아니다

그림을 그리는 사람이라면 누구든지 가지는 고민거리가 하나 있다. 비좁은 공간에 그림을 어떻게 보관할 것인가다. 아이러니하게도 열심히 하는 사람은 더 고민된다. 특히 입체 작품을 하는 경우 그 부피는 감당하기 힘들 정도다. 그래서 작품 활동을 계속하지 않으면 대학 졸업과 동시에 그 수많은 작품이 향하는 곳은 대부분 쓰레기장이다. 보관을 하다가도 애물단지로 전락해 버리는 경우가 허다하다.

지속적으로 작품 활동을 하는 사람들은 어떻게든 작품을 잘 보관해야 한다. 시간이 흐를수록 수많은 그림이 작업 공간을 점령하는데 어떻게 공간을 확보할지 고민해야 한다. 서울 아파트 가격을 생각해 보면 작품을 보관하는 공간은 다 돈이다. 화가들이 그림을 파는 이유이기도 하다. 그렇다고 파는 데만 열을 올려서는 안 된다. 화가가 그림을 그리는 이유를 명심해야 한다. 그림은 후대에 물려주어야 할 문화유산이다.

자투리 종이의 환생

그림을 보관하면 그림 가장자리가 제일 많이 손상된다. 말아서 세워 놓아도 그렇고 눕혀 놓아도 그렇다. 눕혀 놓는 게 더 심하지만 상하기는 이러나저러나 마찬가지다. 그래서 나는 그림 손상을 막기 위해 가장자리에 여백을 두고 그림을 그린다. 그리고자 하는 그림 크기보다 조금 더 크게 한지를 재단하고 그 안에 그린다. 어쨌든 재단하고 나면 자투리 종이가 생길 수밖에 없는데 버리기는 너무 아깝다. 한지는 제작 과정이 복잡하고 손이 많이 가는 귀한 종이 아닌가. 예전보다야 만드는 과정이 한결 쉽지만 옛날에는 힘들게 전부 수작업으로 만들던 종이다. 지금은 대부분 공장에서 대량 생산하지만 닥나무 원료가 비싸기 때문에 한지 가격은 여전히 만만치 않다.

처음에는 자투리 종이를 생기는 대로 그냥 박스에 모아 두기만 했다. 모인 종이가 쌓이면서 활용에 대해 고민하다가 그림 그릴 종이판을 만들기로 했다. 종이판을 만들어 그림을 그리려고 하니 표면 질감이 너무 거칠어 그림 그리기가 애매했다. 한지 종이판의 질감은 오돌토돌 마치 크고 작은 종이 알갱이를 박아 놓은 것 같았다. 그래서 작업을 더 이상 진행할 수가 없었다.

그러던 어느 날 불현듯 종이판에 그릴 기법이 떠올랐다. 점을 찍듯이 오돌도돌한 부분을 색칠했다. 그 점을 연결해서 선을 만들고 그 선들을 다시 연결하자 내가 생각하는 형상이 모습을 드러냈다. 자투리 종이는 그렇게 종이판을 만들고 10여 년이 지나서야 깊은 잠에서 깨어나 그림이 되고 세상 밖으로 나왔다.

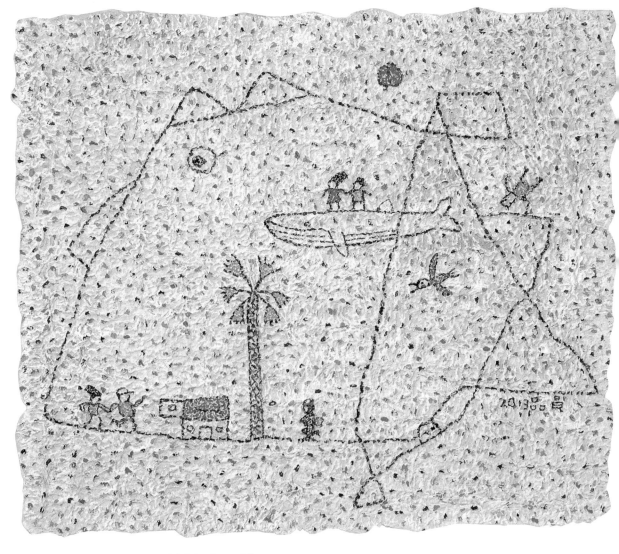

어울림의 공간-제주환상 44×54cm 한지에 아크릴 2013년작

작가 노트
작가의 정신세계

대부분의 화가는 고정적으로 들어오는 수입이 없다. 그림이 한두 점이라도 팔리면 작품 활동을 하는 데 큰 보탬이 된다. 나는 솔직히 그림을 팔아서 먹고산다는 것은 일찌감치 포기했다. 사람의 인력으로 되는 것이 아니라 때가 되어야 한다고 생각하기 때문이다. 어쩌다 그림이 팔리기라도 하면 다음 개인전 준비를 조금 쉽게 할 수 있기에 심리적으로 안정이 된다. 그렇지만 그림은 그렇게 쉽게 팔리지 않는다.

그림을 팔아서 그림 판매 수입으로 살아가는 화가는 극소수다. 사람들은 그림을 안 팔면 생활은 어떻게 하는지 많이 묻는다. 그래서 대부분의 화가는 다른 직업을 겸하고 있다. 무엇을 먹고 어떤 차를 타고 어떤 집에서 사느냐의 문제는 가치관에 따라 다르다. 호텔에서 먹는 라면과 작업실에서 먹는 라면 중 어떤 것이 더 좋다고 꼭 집어서 말할 수 없는 것처럼 작가는 어디에 가치를 두고 사는지가 더 중요하다고 생각한다.

인연인 줄 알았는데

　서울에서 그림 소재에 대한 한계와 화가로서의 감성을 느낄 수 없는 환경에 부딪히면서 나만의 독창적인 창작 세계를 갈구하던 때, 무척이나 존경하던 분이 나를 제주도로 이끌었다. 그림에 대한 가르침도 컸기에 나는 그분의 권유와 회유에 제주행을 결정했다. 물론 아내에게 먼저 제주도로 내려가자고 의논했고 동의를 얻었다. 생활 터전을 바꾼다는 것은 그리 쉬운 일은 아니었다. 서울에서 아이들을 가르치는 것이 경제활동의 하나였는데 포기해야 했고 새 보금자리를 마련하려고 오랫동안 들었던 아파트 청약 통장마저도 포기해야만 했다. 모든 것을 버려야만 했다. 내 마음을 따라 준 아내가 고마웠다.

　나와 그분은 오랜 세월 신뢰와 믿음이 깊은 관계였다. 그렇지만 제주 생활을 하면서 그분에 대한 신뢰와 믿음은 점점 처음 내가 생각한 바와는 달라졌다. 그래도 마음을 다독이며 잘 지냈다. 그분이 바쁠 때는 모든 일을 제쳐 놓고 온 힘을 다해 돕고 심지어 아내도 같이 일을 도

왔다. 제주에서의 삶이 너무나 힘들고 어려워 서울로 다시 이사를 가려고 그분께 이야기했지만 온갖 감언이설로 회유하며 우리를 떠나지 못하게 했다. 그래도 혹시나 하는 마음에, 믿어 보자는 생각으로 제주 생활을 계속하기로 결정했지만 금세 믿을 수 없는 사람이라는 것을 또다시 깨달았다. 옳고 그름에 대한 개념이 없고 신뢰가 없는 사람이었다. 평소에 내가 한 말은 책임지려고 애쓰는 편이다. 말한 사람은 기억 못해도 들은 사람은 기억하기 때문이다. 수십 번 아무리 생각을 해도 제주에서 14년 동안 점점 사그라진 그분에 대한 신뢰는 앞으로 절대 회복될 수 없음을 인지하고 그분과의 인연을 정리하기로 했다.

2014년 바닷가 빌라에서 서귀포 시내의 조그마한 빌라로 이사를 했다. 제주 하늘을 유영하는 느낌처럼 속이 후련했다. 또 다른 시작의 출발선에 서게 된 셈이다. 그분을 통해서 사람 욕심은 정말로 끝이 없다는 것을 깨달았다. 본인이 잘되기 위해서 남의 처지가 어찌되든 상관

없이 이기적으로 사는 사람이 있다는 것도 새삼 알게 되었다. 욕심 앞에서는 체면도 의리도 없다. 그분으로 인해 앞으로 삶을 어떻게 살아갈지 깨달음을 얻었다. 긴긴 인연이 끊어지는 아쉬움이라도 남아야 할 텐데 그것조차 없었다. 그분과 제주도에서 함께 지내며 느낀 수많은 엇갈린 감정 속에서 나는 나를 더 바로 볼 수 있게 되었고 그분의 방식과 사고가 역설적으로 나를 성장시키는 시발점이 되었다.

같이 사는 세상을 꿈꾸다

수많은 생명체와 자연과 사람들이 함께 존재하는 그림을 그린다. 그들 중 하나의 개체라
도 사라지면 모든 생태계에 위협이 된다. 내가 존재한다는 것은 상대가 있기 때문이다. 서
로 올바른 유기적 관계가 형성되어야 상생할 수 있다.

가끔 그림 이미지 사용에 대한 제안이 들어온다. 캘린더 제작이나 출판 등 그림 관련해서
연락이 올 때마다 기분이 좋은 적이 별로 없다. 그림 이미지 사용료를 너무 적게 책정하거
나 개인 창작물을 마음대로 사용하려고 하는 기획사나 업체를 종종 만난다. 경제적인 궁
핍 속에서도 창작 생활을 이어 가는 가난하고 힘없는 작가들 대부분은 울며 겨자 먹기로
작품 이미지를 싼 가격에 그냥 넘긴다. 심지어 어떤 업체는 잘 홍보해 주겠다며 이미지 사
용료를 주지도 않는다. 작가 스스로도 그림 홍보를 위해서 공짜로 이미지를 넘기기도 한
다. 자기 가치를 스스로 떨어뜨리는 작가도 문제가 있지만 작가들의 힘든 경제 상황을 이
용해 창작물을 공짜나 싼 가격에 쓰려는 일부 업체도 문제가 있다.

나는 이 세상을 살아가는 방법이 무엇인가를 생각해 보았다. 세상은 혼자 살아가는 것이
아니다. 미묘한 관계 속에서 서로 함께 살아간다. 한 사람이 폭리를 취하면 관계된 다른 사
람들은 살기가 힘들다. 다시 말하자면 한쪽은 웃고 있는데 한쪽은 울고 있다. 생산자와 소
비자가 좋은 유기적 관계를 만들어야 상생할 수 있다. 모두 같이 웃을 수 있는 세상이 되었
으면 좋겠다.

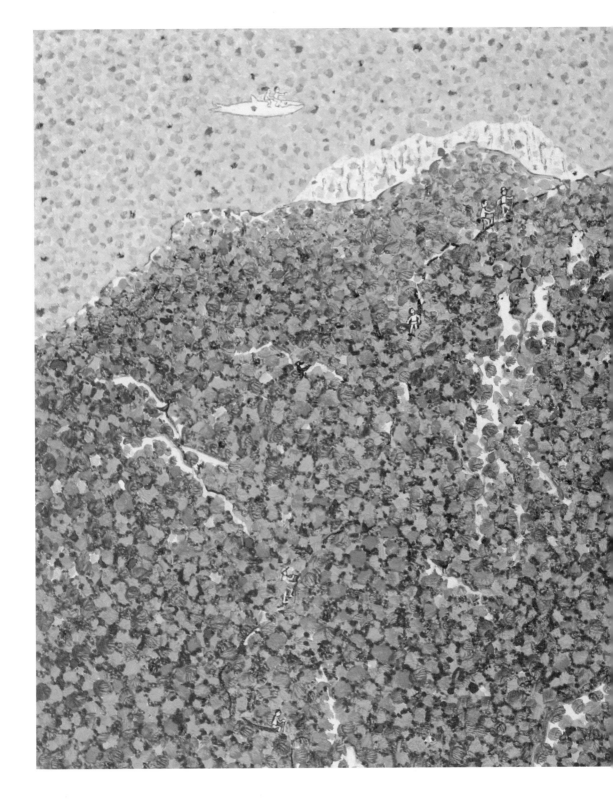

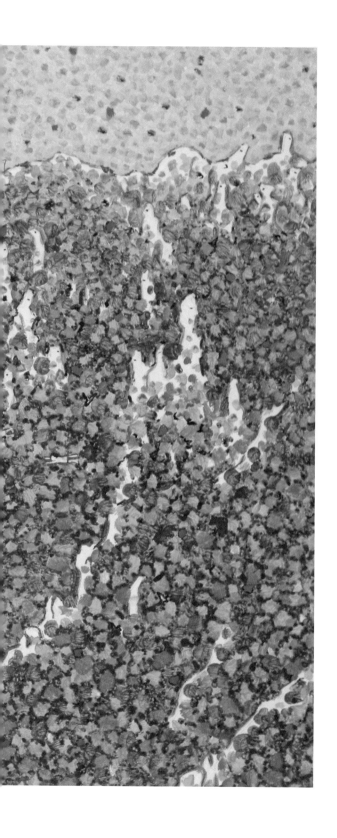

어울림의 공간-제주환상(일부분)
170×72.5cm 한지에 아크릴 2022년작

굿모닝! 설문대할망

2015년 서귀포 시내에서 또 급히 이사를 했다. 서귀포 시내 끝에 위치한 토평 마을 단독 주택으로 이사를 했다. 나는 그 집이 마음에 들었지만 아내는 썩 마음에 들지 않는 듯했다. 그래도 주방에서 보이는 한라산 전경은 좋아했다. 예전부터 아내는 우리가 사는 집은 한라산이 꼭 보였으면 좋겠다고 이야기하곤 했다. 서귀포에서 바라보는 한라산은 설문대할망이 누워 있는 모습을 하고 있다. 아내는 한라산을 마치 친할머니처럼 설문대할머니라 부르고 생각한다. 한라산을 보고 늘 말을 걸고 인사도 하고 부탁도 한다. 어떤 때는 부부 싸움을 해서 내가 미운데도 막상 설문대할머니를 보면 나를 위해 기도하게 되니 왜 그러는지 자신도 이해가 안 간다고 했다. 서울에 살 때도 다니는 절이 있었는데 멀리서 미륵보살이 보이면 나를 위해 기도했다. 그런 마음의 기도가 나를 여기까지 오게 한 것인지도 모른다. 토평 마을 집에서 아내가 좋아하는 설문대할머니가 보여서 다행이다.

항상 내가 사는 곳은 어디든지 궁궐이라는 생각으로 살기 때문에
토평 마을 집에 세 들어 살면서도 지저분한 집 주변을 깨끗이 청소하
고 주변 쓰레기를 수시로 차에 실어 버리곤 했다. 이사 후 얼마 되지 않
아 마을 체육대회에 초대되어 갔다. 마을 사람들을 소개받았다. 약주를
거하게 드신 어르신이 처음 보는데 어디에 사느냐고 물었다. 내가 사는
집을 이야기했더니 "아이고, 어떻게 해! 그 집에서 몇 명이 약 먹었어.
그래서 동네 사람은 그 집으로 이사를 안 가." 하시는 것이다. 아내에게
는 이야기하지 않았다. 아내도 집터가 많이 세다는 것은 알고 있었지만
그 정도인 줄은 몰랐을 것이다. 하지만 설문대할망께 늘 기도한 덕일
까. 몇 달 후 대한민국 미술 대전에 심사 위원으로 위촉되었다. 그해에
이탈리아와 중국에서 기획 전시회를 가지게 되었고 국내에서도 몇 번
의 초대전을 가졌으며 제주 15주년 기념전을 통해서 서귀포 외곽에 작
은 집을 살 수 있을 정도의 그림이 팔렸다.

제주 동네 친구

지금은 토평 마을을 비롯하여 동상효, 서상효, 법호촌, 돈내코 5개 마을이 행정구역상 영천동에 속한다. 영천동은 나하고는 깊은 인연이 있다. 내가 살던 당시에 부임했던 동장님이 문화 예술을 좋아하고 예술가를 좋아했다. 동네 체육대회나 축제가 있을 때는 어김없이 나를 불렀다. 동장님은 부모님 고향이 그곳이라 마을 사람들과 소통을 잘하고 마을에 애착이 많았다. 동장님의 정년퇴직쯤 되어서 나는 그림 이미지 하나를 동장님께 드리며 주민자치센터에서 필요할 때 편하게 쓰라고 말씀드렸다.

그렇게 영천동은 정이 깊어져 다른 곳으로 이사 간 뒤에도 그곳 마을 사람들과 교류가 계속되었다. 또 제주에 와서 처음으로 동네 친구가 생긴 곳이기도 하다. 그 친구는 만감류(한라봉, 레드향, 천혜향 등) 농사를 짓는데 가끔 밥 먹는 자리나 술 마시는 자리로 나를 불렀다. 검게 그을린 불그스레한 얼굴을 대할 때마다 술을 많이 마시는 것 같아 우려

섞인 목소리로 "자넨 매일 술만 마시는가?"라고 했더니 그 친구가 말하기를 "나, 일도 해!"라고 했다. 난 "아 그래?" 하면서 고개를 끄덕였다. 내가 그 친구 농장에 가 보기 전에 있었던 일이다. 농장 구경을 한번 시켜 달라고 했더니 이곳저곳 농장을 몇 군데나 보여 준다. 제주에서 농장을 많이 가 보지는 않았지만 규모가 큰 농사를 짓는다는 것은 알 수 있었다. 친구 농장의 나무는 건강하고 싱그럽게 자라고 있었다. 지금 생각해 보니 오히려 그 친구가 나를 그림 안 그리고 매일 술 마시는 사람으로 보았을 수도 있겠다는 생각이 든다. 그 친구는 자신의 농장 일을 바쁘게 꾸려 나가는 와중에도 내가 도움이 필요하면 언제든지 달려와 주었다. 나도 친구처럼 도움이 필요할 때 함께할 수 있는 그런 사람이 되고 싶다. 농부와 화가, 어떻게 보면 전혀 다른 직업의 사람이라 어울리지 않는 것처럼 보일 수도 있지만 친구는 직업, 부, 명예를 넘어서는 관계라는 것을 다시 한 번 깨닫게 된다.

현무암에 새긴 제주

　다른 마을로 이사 간 지 얼마 되지 않아 토평 마을에 살던 해병대 후배를 통해 토평 마을을 상징하는 조형물을 세워 달라는 제의가 들어왔다. 마을 사람들은 토평 마을이 옛날에 돼지가 들판에 많았다고 하여 돗(돼지) 드르(들) 마을이라 불렸다며 조형물에 돼지를 넣으면 좋겠다고 했다. 평면 작업만 하던 내가 조형물이라는 입체 작품을 처음으로 했다. 평면과 입체는 작업 과정의 개념이 다르다. 다각도의 구성을 면밀히 구상하고 스케치를 해야 했다. 어떤 재료를 선택해야 할지도 고민이었다.

　평소에 길거리 조형물을 보면서 유지 보수가 쉽고 환경과 조화를 이루어야 하며 독창성이 있어야 한다고 생각했다. 그래서 재료는 제주 현무암을 선택했다. 흙으로 스케치하듯 조형물을 만들어 보았다. 만족스럽진 않아도 입체 조형물 작업에 대한 개념과 방향을 잡는 데 도움이 되었다. 조형물을 위해 돌을 찾다가 아주 크고 멋진 제주 현무암을 만났다. 그 돌은 용암이 흘러내린 흔적도 있고 안정감도 있다. 현무암

어울림의 공간-제주환상 270×160×160cm 약 13톤 현무암 2018년작

하면 모두 구멍이 숭숭 난 줄 알지만 내가 선택한 돌은 구멍이 없는 돌
이다. 구멍이 많으면 돌에 새겨지는 작은 이미지가 표현이 잘 안 될 것
같았다. 돌의 각 면마다 돌아가면서 어미 돼지와 새끼 돼지를 넣고 서
귀포에서 보이는 한라산 설문대할망의 모습도 넣었다. 제주시 쪽에서
보이는 한라산은 돌하르방 모습을 상상하여 표현했다. 한라산 백록담
에는 구름도 사슴도 쉬어 갈 수 있게 했다. 큰 조형물이라 제작 과정에
서 스케치는 내가 하고 기술적인 조각 부분은 석공이 했다.

제주환상을 완성하다

제주의 자연은 사람의 몸과 영혼을 환상세계로 끌어들인다. 한겨울 태양빛에 반사되어 반짝이는 바다를 통해 찬란한 은빛 보석 세계로 끌려가기도 하고 한여름 에메랄드빛 바다에 손을 담그면 내 손이 보석으로 변한 것 같은 착각도 든다. 태풍이 불면 성난 용이 온몸을 사납게 꿈틀거리듯 바다도 거칠게 다가오고 제주의 숲에 들어가면 동화 속 요정이 나올 것같이 신비스럽다. 은빛 가루가 뿌려진 밤하늘은 별빛 속 끝없는 우주 공간으로 나를 빨아들이는 것만 같다. 나는 그림을 통해 천혜의 자연, 제주의 바다와 숲 그리고 하늘에 내재된 환상세계를 보여 주고자 한다. 그림에서만큼은 현실을 떠나 인간과 자연의 여러 생명체가 같이 사랑하고 존중하는 세계를 그리고 싶다.

잠 못 드는 아내

제주에서 15년 동안 그린 작품을 서귀포에서 전시하려고 전시 공간을 찾던 중 서귀포 예술의전당이 준공되었다는 소식을 들었다. 서귀포 예술의전당에 가 보니 전시실 규모는 무려 441m²나 되는데다가 벽면 굴곡이 많고 칸막이가 많았다. 큰 그림을 많이 그리는 나한테 적격이라는 생각이 들었다. 그동안 그렸던 그림을 많이 걸 수 있겠다는 생각에 흡족했다. 전시를 결정하고 난 후, 처음으로 제주에서 그렸던 그림을 정리하여 《김품창 제주 15년》화집도 만들기로 했다. 화집을 만들기 위해 수차례 가제본을 만들었다. 가제본을 만들 때마다 페이지 수가 점점 늘어났다. 당초 100페이지 정도로 생각했는데 120페이지가 훌쩍 넘었다. 페이지 수가 많아지면 편집 디자인 비용과 인쇄 비용도 늘어나기 때문에 신경이 쓰였다. 아내에게 이야기했더니 마음에 드는 그림이 있으면 더 실으라고 한다. 항상 넉넉한 마음으로 지원해 주는 아내가 고마울 뿐이다.

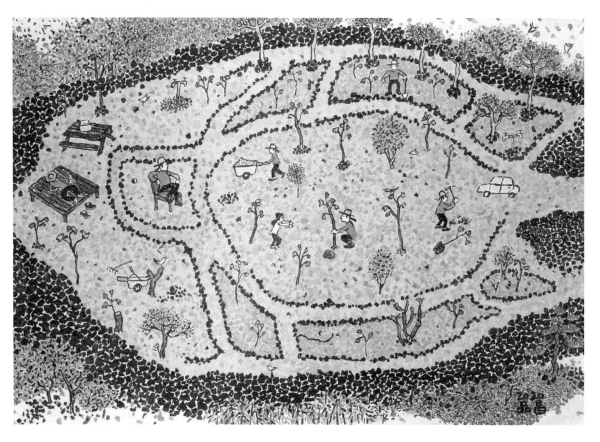

어울림의 공간-제주환상 36.5×52.5cm 한지에 아크릴 혼합재료 2020년작

개인전을 할 때는 모든 것을 다 쏟아부어 전쟁을 치르듯 하는 편이다. 그것 또한 나를 적극적으로 밀어주는 아내의 든든한 후원이 있기에 가능하다. 제주에 정착하여 서귀포에서 처음으로 하는 전시라 더욱 신경이 쓰였다. 육지에서는 제주시나 서귀포시나 똑같은 제주로 보이겠지만 중간에 한라산이 자리 잡고 있어서인지 제주 사람들은 사는 지역을 명확히 구분한다. 전시를 준비하면서 디스플레이와 전시 작품 수에 대해서도 어떻게 해야 할지 고민을 많이 했다. 지금까지 그린 대표 작품을 최대한 많이 전시하기로 결정했다. 7미터, 6미터, 3미터씩 되는 대작과 15년 동안 그린 대표작 100점을 걸며 2015년 10월 16일 제주도에서는 처음으로 개인전을 열었다. 지역 작가들은 물론이고 국회의원, 시장님 등 지역 인사까지 와서 축하해 주었다. 지역 뉴스를 비롯해 중앙 및 여러 지역 신문에도 기사화되었다. 그렇게 10일 동안의 전시 기간이 끝나 갈 무렵, 다음 전시 작가가 개인 사정으로 전시를 못하게 되어 연장 전시를 하게 되었다. 서귀포에서 처음으로 하는 전시는 기대보다 훨씬 좋은 호응을 얻었다. 예기치 않게 그림도 꽤 팔렸다. 이번 전시 성과가 좋지 않으면 경제적으로 어려웠을 텐데 최고의 순간이 온 것이다. 나도 모르게 살았다라고 혼잣말하며 안도의 한숨을 쉬었다. 전시회 마지막 날 전시 종료 한 시간 남짓 남았을 때 인상 좋은 부부 관람객이 왔다. 방송을 보고 왔다고 했다. 그림 몇 점을 예약하고 전시 끝나면 금릉 쪽에 있는 집으로 보내 달라고 했다. 전시가 끝나고 공구를 챙겨 그 댁에 가서 그림을 직접 걸어 드렸다. 화가가 직접 디스플레이하는 것은 처음 봤다며 너무 고마워하셨고 다시 또 만날 것을 약속하며 헤어졌다. 그분은 지금도 전시회가 열리면 매번 잊지 않고 찾아 주시고 그림도 구입하신다.

전시 기간 내내 아내는 하루 전시를 마무리하며 설문대할머니께 "우리가 제주도에 계속 살도록 보금자리라도 마련해 주세요."라고 간

절히 기도하면서 정성을 다해 전시장을 빗자루로 쓸었다. 기도가 통한 걸까? 전시가 끝나고 작은 빌라 한 채를 마련할 수 있는 돈이 생겼다. 오직 그림만 그리며 사는 화가에게 기적 같은 일이 일어난 것이다! 전시가 끝난 후 생애 처음으로 내 집을 사서 이사를 했다. 아내는 모두가 잠든 밤, 자신이 서 있는 이곳이 우리 집이라는 것이 믿기지 않아 수없이 거실을 왔다 갔다 하며 몇 날 며칠 잠을 이루지 못했다.

서귀포 전시회가 끝난 후 아내는 꼭 서울 예술의전당 한가람미술관에서 다음 전시를 해야 한다고 당부했다. 나는 그렇게 하겠다고 다짐했다. 한가람미술관은 대관하기가 어려운 곳이다. 대규모 기획 전시가 몇 개월씩 진행되다 보니 개인전으로 전시할 수 있는 기회가 그만큼 적다. 또 까다로운 심의 때문에 배제되는 경우도 많다. 서류 제출 후 다행히도 2016년 대관 확정 통보를 받았다. 2016년 6월 23일경 장맛비가 시작되었고 장마가 늦게까지 지속될까 봐 걱정이 되었다. 전시를 앞두고 관련된 변수를 꼼꼼히 살피는데 그중에서도 특히 날씨가 걱정이었다. 비나 폭설은 작품 운송이나 전시회 관람객 수에 영향을 미친다. 그칠 줄 모르던 장맛비는 다행히도 전시 개관 하루 전에 끝났다.

〈김품창 제주 15년〉 전시를 우리나라 문화 예술의 중심이라고 하는 예술의전당 한가람미술관에서 2016년 7월 23일 시작했다. 전시장을 열자 많은 관람객들이 찾아와 그림을 관람하고 행복한 미소를 지으며 호응했다. 제주 정착 초기에 그렸던 달밤 그림 앞에서 많은 관람객의 발길이 오랫동안 머물렀다. 그 그림은 2001년 제주도에 정착해서 최악의 경제 상황에 붓을 부러뜨리고 그림을 찢을 때 바닥에 펼쳐져 있던 그림 중 하나다. 그 그림이 관람객의 마음을 끌어당기는 것 같아 울컥했다. 제주도에 내려올 때는 집과 작업실이 다 해결되고 1년 정도 생활할 수 있는 목돈이 있어 그사이에 작업을 하면서 일도 하면 되겠다고 생각했었다. 그런데 집과 작업실이 생각했던 것과 다르게 틀어지고 다른 사람 일을 어쩔 수 없이 도와주면서 정작 내 일은 못하는, 어처구니없는 정말 힘든 상황에 놓였다.

전시회를 보고 돌아간 사람들은 블로그나 카페에 전시회를 자세히 소개하며 다른 사람에게 추천해 주었다. 날이 갈수록 더 많은 관람객이 전시장을 가득 채웠다. 하루에 1천 명 이상의 관람객이 꾸준히 방문했다. 예술의전당 사장님도 작품이 좋아서 전시가 대성황을 이룬다며 좋아했다. 화가가 전시를 하는데 관람객이 찾지 않으면 전시를 하는 의미가 없다. 다행히 전시 기간 동안 1만 명이 넘는 관람객이 전시장을 방문하여 아름다운 전쟁을 치렀다. 그저 감사하고 고마울 뿐이다.

화가는 이미 정해진 운명이었다

고등학교 3학년 때다. 당시 그림을 계속할지 말지 석 달 열흘을 괴로워하며 고민할 때 꿈을 꾼 적이 있다. 꿈속에서도 나의 진로에 대해 고민하던 중 스님 같은 분이 내 앞에 갑자기 나타났다. 나도 모르게 "스님 저는 나중에 뭘 해야 합니까? 그림을 그리면 되겠습니까?" 하고 물으니 안타깝고 슬픈 표정으로 고개를 저으며 아무 말도 하지 않았다. 그래서 다시 "스님 그럼 저는 무엇을 해야 합니까?" 하고 물으니 그림을 그리라고 했다. "그런데 왜 그림을 그리라고 하면서도 저를 불쌍히 보시고 고개를 저으셨습니까?" 하고 물으니 젊어서 고생을 너무 많이 할 게 뻔하니 안타까워서 그랬다는 것이다. 그래도 말년에는 아주 좋다고 말씀하시는 것을 들으며 꿈에서 깼다. 내 염원이 꿈으로 나타난 것일지 모른다. 하지만 내가 그림을 그릴 수밖에 없는 여러 조건은 이미 운명처럼 정해진 것일 수 있다는 생각이 든다.

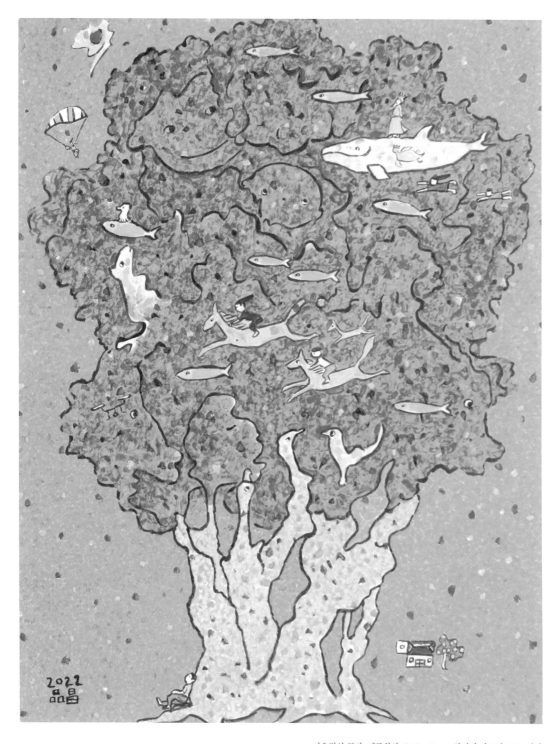

어울림의 공간-제주환상 52.5×39cm 한지에 아크릴 2022년작

설문대할망의 선물

　서귀포 시내에 사는 사람들은 제주시에 갈 때 대부분 한라산 5.16 도로(서귀포에서 제주시로 가는 한라산 중턱 동쪽 도로)나 1100도로(서귀포에서 제주시로 가는 한라산 중턱 서쪽 도로)를 타고 산을 넘어간다. 두 도로 모두 한라산 중턱을 가로질러 제주시로 간다.

　제주시에 있는 문화센터에 강의를 나가다 보니 일주일에 한 번은 비가 오나 눈이 오나 한라산을 가로지르는 5.16도로를 지나다녀야 했다. 강의를 다니며 한라산의 봄, 여름, 가을, 겨울, 사계절이 바뀌는 것을 수없이 보았다. 강의하러 차를 타고 지나가다가도 아름다운 풍경을 보면 가슴에만 묻어 두기 아쉬워 차를 세우고 핸드폰으로 사진을 찍는다. 1100도로를 지날 때는 그저 탄성만 나온다. 도로 아래쪽은 초가을로, 중간은 흐드러진 가을 단풍 사이로, 더 높은 곳에서는 매서운 북극 한파가 겨울 상고대를 만드는 환상 속으로 빠져들게 한다. 한라산에서 두 계절의 맛을 한꺼번에 만끽하는 기쁨은 말로 표현할 수 없다.

한라산은 계절 변화에 따라 시시각각 다른 모습을 보여 준다. 곶자왈과 제주 숲은 설문대할망의 거대한 옷이기도 하다. 설문대할망은 계절마다 옷을 갈아입는다. 제주시를 오가며 한라산의 수없이 다양한 얼굴을 보고 제주 숲을 온전히 그릴 수 있게 해 준 것은 설문대할망의 커다란 선물이다.

그리고 싶은 대상을 수없이 보고 느끼면 어느 순간부터는 내가 대상이 되고 대상이 내가 되듯 일체가 된다. 굳이 무엇을 보고 그릴 필요가 없다. 보고 그리는 것에 얽매이면 자칫 외형의 껍데기만 그리기 쉽다. 그래서 나는 오랫동안 가슴에서 숙성시켜 비로소 대상과 일체가 되었을 때 춤추듯 그림을 그린다.

어울림의 공간-제주환상 146.5×47.5cm 한지에 아크릴 2019년작

우리들의 집

제주에 여행 오는 사람들은 오름이라는 단어를 자주 듣는다. 나는 제주에 이사 와서 사람들에게 오름 이야기를 처음 들었다. 그때까지 오름이 무엇인지도 몰랐다. 제주 여행을 하다 보면 작은 산처럼 봉긋봉긋 솟아오른 것이 보이는데 그것이 오름이다. 이 또한 작은 화산이다.

오름 정상에 올라가면 분화구가 다양한 모양으로 나 있는 것을 볼 수 있다. 식생도 다양하다. 어떤 오름은 초지로 덮여 있어 민둥산처럼 보이고 어떤 오름은 억새 사이로 군데군데 나무가 있어 마치 사람 얼굴 모습을 한 것 같다. 또 어떤 오름은 밀림처럼 우거져 있어 들어가면 환상 숲에 들어간 것처럼 느껴진다.

오랫동안 오름을 보았지만 제주에 온 지 16년이 되어서야 오름이 마치 사람처럼 호흡하면서 살아 있음을 알게 되었다. 오름은 수많은 생명체의 또 다른 놀이터이며 동시에 집이다. 그리고 우리들이 살아가는 보금자리다.

어울림의 공간-제주환상 59.5×103cm 한지에 아크릴 2017년작

나의 스승 이중섭 선생님

초등학교 때 학교에서 자주 하던 설문 조사가 있다. '내가 좋아하는 인물은 누구인가?' 나는 망설임 없이 늘 '이중섭'이라고 썼다. 당시에는 이중섭이 누군지도 모르는 사람이 많았고 나도 사실 그리 자세히 알지는 못했다.

이중섭 선생님은 평남 평원에서 태어나 1951년 육이오전쟁이 한창일 때 가족을 데리고 서귀포에 정착했다. 11개월을 서귀포에서 거주하다가 생활의 궁핍함이 계속되면서 부산으로 이주했다. 서귀포에 이중섭미술관이 설립된 것은 2002년이다. 소 그림을 많이 그린 이중섭 선생님은 화가로서 불의와 물질에 타협하지 않고 소처럼 우직하게 예술의 길을 걸었다. 나 또한 나의 창작 세계를 찾아 가족을 데리고 제주도 서귀포로 이주했다. 예술가의 길을 보여 주신 이중섭 선생님, 그분의 삶을 가슴속 깊이 새기며 스승으로 모신다.

두 번째 예술의전당 한가람미술관 전시!

2017년 전시도 서울 예술의전당 한가람미술관에서 하게 되었다. 2016년 전시가 끝나자마자 1년 만에 다시 큰 전시를 준비해야 하니 압박감이 느껴졌다. 전시장 규모가 커서 작품도 좋아야 하지만 작품 수도 충분해야 할 것 같다는 부담이 들었다. 그동안 가슴속에 절절하게 묻어두었던 곶자왈을 소재로 2017년 전시를 준비하기로 마음먹고 제주의 곶자왈을 화폭에 하나하나 풀어냈다. 그리고 또 다른 유형으로 자연의 모습을 담기로 했다. 대학 시절부터 매너리즘에 빠지지 않으려고 실험 작업을 습관처럼 했기 때문에 전시회를 하면 다양한 유형의 실험 작품도 같이 전시한다.

개인전을 할 때마다 그림을 걸거나 내릴 때 도와주는 해병대 동기이자 화가 친구가 있다. 그 친구가 한가람미술관에서 전시한 작가를 몇 명 알고 있는데 첫 번째 전시를 성공하고 두 번째 전시까지 성공적으로 치르는 작가는 잘 못 봤다고 의미 있는 한마디를 남겼다. 나는 꼼꼼

하게 계획을 세우고 1년 동안 작업실에서 전시 준비를 하며 빡빡한 생활을 했다. 제대로 챙겨 먹을 시간조차 없었다. 배고프면 라면으로 끼니를 때우기 일쑤고 그것도 귀찮으면 근처 김밥 가게에서 김밥 한 줄에 막걸리 한 잔으로 끼니를 때웠다. 어떤 때는 물감, 연필, 붓 등 미술 도구와 그림 그리면서 나오는 온갖 쓰레기와 휴지로 지저분한 작업대 위에서 허겁지겁 김밥을 먹는 나를 발견하기도 했다. "이게 무슨 짓인가?" 싶었다.

　아침부터 늦은 밤까지 하루 종일 그림을 그리고 집에 가는 게 반복되었다. 그렇게 정신없이 생활하면서 그림을 완성해 나갔다. 전시회를 4개월쯤 남기고는 새벽이 되어서야 집에 들어가는 날이 많아졌다. 몸은 지칠 대로 지쳐 갔다. 그래도 작업 중인 그림을 가까이에서 들여다보고 있노라면 위안이 되었다. 제주 숲의 모든 나무와 돌, 요정들도 서로 눈을 깜박이며 세상 밖으로 나갈 준비를 하고 있는 듯했다.

어울림의 공간-제주환상 72×169cm 한지에 아크릴 2022년작

개인전을 하려면 열정도 필요하고 간절함도 필요하고 돈도 필요하다. 날씨도 도와주어야 한다. 잘 준비하고도 태풍이 오거나 한파가 닥치는 등 기상이 악화되면 오랫동안 준비한 전시회가 큰 성과 없이 끝나기도 한다.

전시회 기간 중 휴관일 오후에 서울 조계사에 들렀다. 평소에도 매일 108배를 하지만 부처님께 이번 서울 예술의전당 전시회도 성공적으로 치를 수 있게 자비를 베풀어 주십사 108배를 더 했다. 절을 끝내고 나오니 오후 3시다. 지하철과 버스를 타고 망우리 공동묘지로 갔다. 지금은 망우역사문화공원으로 불리는 곳이다. 망우 지하철역에 내려 술 한 병과 안주를 사 택시를 탔다. 택시 기사한테 망우리 공동묘지로 가자고 했다. 택시 기사는 나를 내려 주며 여기에서 공동묘지로 올라가면 된다고 했다. 오후 5시가 넘었다. 말로만 듣던 망우리 공동묘지는 사방이 온통 무덤뿐인 산이었다. 공동묘지를 가로지르는 산책로가 있어서 저녁 운동을 하는 사람이 많았다. 공동묘지를 공원처럼 조성한 것 같다. 죽은 자와 산 자가 이렇게 가까이 공존한다는 것이 아이러니하게 느껴졌다.

한참 공동묘지를 오르다가 운동하는 사람들한테 이중섭 선생님의 묘소가 어디냐고 물어보니 모른다고 했다. 또 어떤 사람은 더 올라가야 된다고 했다. 그냥 부지런히 걸어 올라갔다. 산이라 그런지 어둠이 더 빨리 내리는 것 같다. 뛰기도 하다가 걷기도 했다. 한참을 올라가다 보니 길가에 방정환 선생님 묘소의 비석이 보였다. 이중섭 선생님은 어디에 잠들어 계는 걸까. 다시 부지런히 오르다가 마주친 등산객에게 이중섭 선생님 묘소 위치를 물어보았다. 그 등산객은 이중섭 선생님의 묘소 위치를 잘 아는지 자세히 가르쳐 주었다.

얼마나 급하게 올랐는지 온몸이 땀으로 뒤범벅되었다. 실은 어둠이 점점 내리기 시작하여 마음이 몹시 조급했다. 등산객이 알려 준 길은 어두워지면서 점점 찾기가 힘들었다. 등산객이 가르쳐 준 길이라 생각하고 내려가면 이중섭 선생님 묘소는 보이지 않고 연신 미끄러져 넘어지기만 했다. 넘어졌다 일어나면 온통 묘비며 무덤이다. 어둠이 짙어지자 사람도 없고 간혹 사람 형상이 보이면 더 무서웠다. 아뿔싸, 핸드폰 배터리도 방전되었다. 이제 캄캄한 밤이 되어 나만 유일하게 그 큰 공동묘지를 헤매며 돌아다니고 있다. 공포가 엄습해 왔다. 지칠 대로 지쳤지만 부지런히 더 부지런히 걸었다.

저 멀리 어둠 속에서 무엇이 점점 앞으로 다가왔다. 가까이에서 보니 등산객이다. 그 사람은 대뜸 이 시간에 공동묘지에서 뭐 하냐고 물었다. 이중섭 선생님 묘소를 찾는다고 했더니 "아, 아까 그 사람이네." 하면서 당장 내려가라고 했다. 이제 어두워서 못 찾는다며 내일 다시 오라고 했다. 이곳의 밤은 무섭다며 내려가는 지름길을 알려 주고 등산객도 빠르게 어둠 속으로 사라져 버렸다. 밤이 깊어지니 덥기는커녕 등

줄기가 서늘했다. 등산객의 말대로 그날 밤 이중섭 선생님 묘소 찾는 것은 포기했다.

다음 날 아침 다시 망우리 공동묘지를 찾았다. 사람들에게 자세히 물어 찾아가 보니 어제 택시 기사가 내려 준 곳은 이중섭 선생님 묘소에서 반대쪽 산 아래였던 것 같다. 어제는 공동묘지를 한 바퀴 돌았던 셈이다. 용마천 약수터 근처에서 운동하는 사람들에게 이중섭 선생님 묘소를 물었더니 사람들이 저쪽으로 가면 큰 소나무가 있는데 거기가 이중섭 선생님 묘소라 했다. 어제 묘소 100미터 근처까지는 왔던 것 같다. 묘소 왼쪽에는 커다란 적송이 하늘을 찌를 듯이 서 있다. 이중섭 선생님이 살아생전에 〈소나무야〉 노래를 좋아하셨다고 한다. 그래서 외롭지 않게 소나무를 묘소 옆에 심은 것 같다. 묘소 오른쪽에는 이중섭 선생님이 즐겨 그리던 가족 모습이 검은 비석에 새겨져 있다. 나는 한숨을 돌리고 어제 올리지 못했던 술과 안주를 가방에서 꺼내어 올리며 좋은 그림 그리게 해 달라고 큰절을 했다. 핸드폰을 꺼내 〈소나무야〉 노래를 들려 드렸다.

　소나무는 변하지 않는 의리와 절개를 상징한다. 이중섭 선생님도 늘 사사로운 시류에 타협하지 않는 마음으로 그림을 그려서 소나무를 좋아했는지도 모른다. 추사 김정희 선생님이 제주도 대정에 유배 왔을 때에 대부분의 사람들이 시류에 따라 떠났지만 역관으로 있던 제자 이상적은 추사 김정희 선생님과 의리를 지키면서 끝까지 옆에 남아 함께 했다. 추사 김정희 선생님은 그 고마움을 갚을 길이 없어서 세한도를 그려 선물했다고 한다. 한겨울 집 한 채에 늘 푸름을 상징하는 소나무 한 그루와 잣나무 세 그루를 그려 넣어 변하지 않는 의리를 이야기한 것이다. 이중섭 선생님 묘소의 소나무도 선생님을 지켜 주는 듯했다.

2017년 9월 20일 전시 개막 날이다. 전시회 하루 전, 가까운 동문들과 친구들이 전시 디스플레이를 도와주었다. 그림을 걸 때는 그림을 그리거나 그림에 대해서 잘 아는 사람들이 도와줘야 제일 편하고 안심이 된다. 일당을 받고 일하는 사람들에게 맡기면 경험이 없어 불안하다. 그들도 그림 설치나 배송은 꺼렸다. 그림은 워낙 고가인데다가 어떻게 들고 옮겨야 하는지 익숙하지도 않고, 손상이라도 생기면 일당을 벌려다가 오히려 물어 줘야 하는 경우가 생길 수도 있으니 당연하다. 제주도에 살면서 서울에서 개인전을 할 때마다 그림 설치하는 게 늘 걱정이었는데 동문들과 친구들 덕분에 무사히 전시 준비를 할 수 있었다. 참 다행이고 정말로 고맙다.

나는 전시 개막식은 잘 하지 않는다. 형식적인 게 싫거니와 익숙하지도 않고 거추장스럽기만 하고 부를 사람도 많지 않다. 개막식에 초대받으면 부담스러워 할 사람도 의외로 많기 때문에 더욱 그러하다. 전시장 문을 열자 관람객이 전시장 안으로 들어오기 시작했다. 그림을 보고 행복한 미소를 지으며 작가가 여자냐고 묻기도 하고 전시장에서 나를 도와 함께 있던 아내에게 작가냐고 묻기도 했다. 아내도 작가긴 작가다. 동화 작가다. 그림이 워낙 여성스러워서 작가가 여자인 줄 알았다고 한다. 사람들은 동화처럼 아기자기해 보이는 나의 그림을 보고 너무 좋아했다. 어떤 할머니는 눈물을 훔치며 연신 고맙다고 했다. 내가 더 고맙고 감사했다.

선물 받는 걸 싫어할 사람이 있을까. 내 그림을 보고 싶어 하는 선물 같은 마음을 가지고 찾아 준 관람객을 나도 빈손으로 보내기 싫어서 전시 때마다 엽서 한 장, 포스터 한 장이라도 선물한다. 제주도에서 왔다고 하면 도록을 선물하기도 하고 지인이 아는 사람들과 같이 오면 사람 수에 관계없이 도록을 모두 선물한다. 주는 기쁨 또한 받는 기쁨과 같다고 생각한다. 그렇게 많은 관람객들에게 작품에 대해 설명도 하고 도록과 엽서에 사인도 하고 기념 촬영도 했다. 전시는 순조롭게 진행되었다.

전시 기간이 끝나기 며칠 전, 목 주변이 이상하게 가렵다. 마침 다음 날이 휴관일이라 친구랑 저녁을 먹기로 했다. 목 부위를 보여 주었더니 대상포진 같다고 했다. 잠시 일이 있어 제주에 갔던 아내에게 전화했더니 사진을 찍어 보내라 하면서 아는 의사 선생님한테 물어보겠다고 했다. 사진을 보냈더니 대상포진 같으니 빨리 근처 병원에 가서 항바이러스 주사를 맞으라는 이야기를 들었다. 근처 병원을 찾아 주사를 맞았다. 전시 준비로 오랜 기간 힘들었던 게 전시 중에 대상포진으로 나타난 것이다. 운동도 틈틈이 해서 체력은 어느 정도 자신 있었는데 누적된 과로로 인해 면역력이 한계에 달했던 것 같다. 건강은 함부로 자신하지 말라고 했는데 나는 과하게 자신했던 것이다.

병원 처방을 받고도 전시가 진행 중이라 쉬기는커녕 계속 전시장에 나와 관람객을 응대하고 저녁이 되면 찾아온 손님과 식사와 술 한잔을 했다. 다행히 많은 관람객의 아낌없는 호응 속에서 전시를 무사히 마쳤다. 전시회가 끝난 후 대상포진이라는 불청객은 나에게 한 템포 쉬어가게 하는 여유로움을 주었다. 10년 전에도 요로결석으로 무척 고생한 적이 있다. 그때는 병실에서 잠시 쉬는 동안에도 그림을 그리고자 도구를 챙겨 갔었다. 돌이켜 보니 정말 그림에 미쳤던 것 같다.

우리 할망, 설문대할망

　　나는 동화나 판타지처럼 제주를 그린다. 그렇게 설문대할망의 가족을 상상해서 그리기 시작했다. 20년을 제주에서 지내니 설문대할망이 가족의 모습을 환영처럼 보여 주었다. 우리가 살고 있는 제주라는 섬이 설문대할망의 가족이고 할망의 가족들 품 안에서 우리는 공생하며 산다고 생각한다. 설문대할망의 가족은 멋진 모델이다! 우리도 제주도 창조 여신인 설문대할망의 자식이라는 생각이 든다. 설문대할망의 가족을 그릴 수 있다는 것은 그분이 나에게 준 또 다른 큰 선물이다.

어울림의 공간-제주환상 204×444cm 한지에 아크릴 2020년작

코로나19로 사람을 만나지 못하는 것이 그림과는 크게 상관없을 것이라고 생각할 수 있다. 그림은 화가 혼자 하는 작업이다 보니 대부분 그렇게 생각한다. 하지만 화가도 사람인지라 어느 정도 고정된 수입이 있어야 마음 편하게 그림을 그릴 수 있다.

코로나19로 고립된 시간이 길어질수록 점점 아무것도 할 수 없었다. 조금씩 했던 강의는 물론 전시회도 못하고 그냥 답답한 마음뿐이었다. 이 상황이 다시 경제적 압박으로 다가왔다. 작업실에 누워서 끝이 보이지 않는 이 어려운 상황을 어떻게 극복해야 할지 끊임없이 고민했다. 마치 보이지 않는 포승줄에 묶여서 꼼짝할 수 없게 된 것 같았다.

오랜 고민 끝에 코로나19가 덮친 이 상황은 금방 끝나지 않는 장맛비와 같다는 결론을 냈다. 소낙비는 잠시 피해 가면 되지만 지금 이 상황은 소낙비가 아니고 장맛비인 것이다. 그러니 어떻게든 조금이라도 돈을 벌어야 한다. 결국 제주시에서 혼자 할 수 있는 험한 일을 찾았다.

자주 있는 일은 아니었지만 그래도 마음 급한 나로서는 그렇게라도 움직이지 않으면 안 될 상황이었다. 일을 하면서 수많은 옛 생각이 스쳐 지나갔다. 대학생 때 온갖 험한 일을 다 하면서 등록금을 벌어 학교를 다녔던 날들이 바로 어제처럼 떠올랐다.

끝날 줄 모르는 코로나19 상황은 모든 세상과 나를 흔들어 놓았다. 그러나 지난 삶을 떠올려 보면 이런 어려운 상황을 극복해 내면서 나의 그림이 성숙되고 철학이 만들어졌다. 삶의 긍정적인 힘은 작품에 녹아든다. 가끔 동화 작가인 아내를 보면 직장 생활을 하면서도 작업을 해 나가는 열정이 작품 속에 고스란히 녹아 있음을 느낀다.

작가 노트
──────
인간의 오만함이 남긴 교훈

2019년 겨울에 발생한 코로나19는 얼마 되지 않아 전 세계를 팬데믹에 빠지게 했다. 2020년 1월, 우리나라에서도 코로나19 확진자가 발생했다. 당시만 해도 전국이 새로운 전염병에 대한 엄청난 공포에 휩싸였다. 세계 종말이 시작되었나 할 정도였다. 그 누구도 쉽게 만나지 못하고 아무것도 할 수 없는 상황은 전 세계 사람들을 극도의 불안으로 몰아넣었다. 그저 사람들은 세계 의학 기술이 많이 발전했으니 금방 백신이나 치료제가 나오겠지 하는 희망으로 버틴 듯하다.

코로나19는 수많은 사람들의 목숨을 앗아 갔다. 자연에 대한 인간의 오만함이 결국 이런 무서운 결과를 초래했다. 세상은 인간의 힘만으로 존재할 수 없다는 것을 누구나 알고 있다. 우리는 견고한 지반이라는 땅을 밟고 산다. 그래야 나는 똑바로 서 있을 수 있다. 내 입으로 들어가는 모든 음식은 자연에 살고 있는 모든 생명에게서 얻는 것이고 내가 숨 쉴 수 있음은 저 숲이 온전히 존재해야만 가능한 일이다. 이렇듯 자연이 온전한 모습일 때 비로소 모두가 존재할 수 있다. 코로나19는 인간이 얼마나 나약한 존재인지를 다시 한번 뒤돌아보게 했다. 자연에 대한 인간의 오만함은 결국 인간이 존재할 수 없는 세상을 만들 뿐이다. 나는 나의 그림에서와 같이 모두가 같이 살 수 있는 세상을 꿈꾼다.

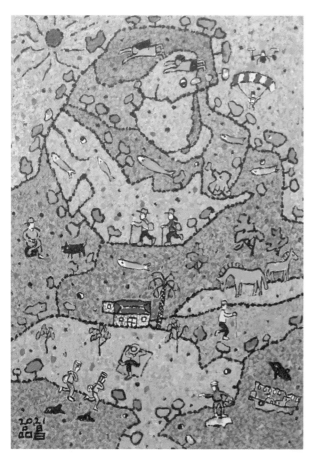

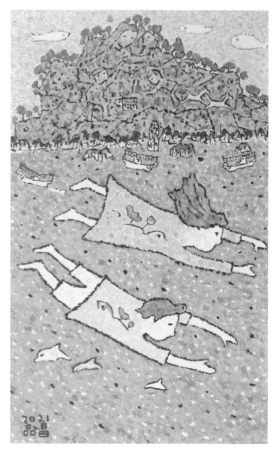

어울림의 공간-제주환상 29.2×20.3cm 한지에 아크릴 2021년작   어울림의 공간-제주환상 30.5×19cm 한지에 아크릴 2021년작

대선배님과의 만남

2011년 서울에서 개인전을 할 때 경북 영주의 대선배님 한 분을 초대했다. 사실 모두 감독님, 대표님 하고 부르는데 감히 '선배님'이라고 부르는 이유는 중학교 선배님이라서 허락을 받고 그렇게 부른다. 선배님이라고 칭하지만 사실 나이 차이가 20년 가까이 나는 어른이다. 그리고 우리나라 연극계를 대표하는 극단 미추의 대표다. 그 전시회가 끝나고는 몇 번 뵈었지만 워낙 유명하고 바쁘시니 평소에 전화드리고 찾아뵙는 것이 부담스러우실까 봐 연락을 쉽게 하지 못했다.

2020년 12월, 갑자기 전화 한 통이 걸려 왔다. 선배님이셨다. 나에게 제주도에서 3개월 정도 쉴 겸 요양을 하고 싶은데 괜찮은 펜션을 알아봐 줄 수 있냐고 하셨다. 어떤 영문인지는 몰랐지만 전망 좋고 편한 곳을 찾아 드렸다. 오시는 날 공항에 마중을 나갔다. 생각보다 선배님께서 많이 지쳐 보였다. 식사 도중 말씀하시기를 코로나에 걸려 중환자실에서 생사의 갈림길에 있다가 완치되어 요양하러 왔다고 하셨다.

172

선배님은 코로나19로 인해 폐가 많이 안 좋으셨다. 건강 회복을 위해서 좋은 공기를 마시며 오로지 걷기만 하셨다. 제주도가 낯설 것 같아 만사 제쳐 놓고 자주 동행을 했다. 그렇게 같이 걸으며 예술에 대한 이야기도 나누고 인생에 대한 많은 좋은 이야기도 들었다. 하나하나 열거할 수는 없지만 '모든 것은 마음에 달려 있다, 남을 속여도 안 되고 욕심을 내도 안 되고 순리를 거슬러도 안 된다.'는 내용이었다. 그림을 그리는 나는 선배님 말씀에 격하게 공감했다. 그림은 수행이기 때문이다. 지금까지 제주에 20년 동안 살면서도 가 보지 못한 마라도, 가파도, 차귀도 등 제주 주변 섬을 선배님 덕에 함께 다녔다. 그렇게 섬과 숲과 올레길을 3개월 동안 다니니 건강이 많이 회복되셨다. 곧 다시 만날 것을 약속하고 올라가셨다. 이후 제주가 고향인 사람처럼 선배님께서는 자주 내려와 우리 가족과 만나고 함께 걷고 하신다.

어울림의 공간-제주환상 128×164cm 한지에 아크릴 2022년작

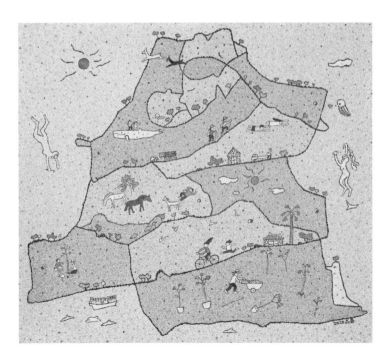

어울림의 공간-제주환상
91×102.3cm 한지에 아크릴 2020년작

미라벨 제주 펜션 갤러리

사람과의 인연이라는 것은 따로 있는 듯하다. 아무리 오래 알아도 좀처럼 가까워지지 않는 사람도 있지만 처음 보자마자 친근감 있게 가까이 다가오는 사람이 있다. 느낌으로 전해지는 파장이 맞아서 그런 것 같다. 선배님과의 만남 이후에 선배님 소개로 또 새로운 사람을 만났다. 물고기 백신을 연구하는 분이다. 그분의 연구소는 지은 지 얼마 되지 않은 2층의 세련된 건물로 남원읍 위미리에 있다. 처음 갔을 때 연구소 하면 떠오르는 딱딱함보다 자연이 살아 숨 쉬는 듯한 편안한 느낌이 들어서 뜻밖이었다. 건물과 잘 어울리는 예쁜 정원은 사계절 꽃이 피고 곤충들과 작은 동물들이 찾아오는 낙원 같았다. 나중에 알고 보니 그 정원에 있는 나무와 식물은 연구소 대표님이 동네에 버려져 있거나 잘리기 직전에 손수 옮겨 심은 것이라고 한다. 나는 생명의 소중함을 그림으로 풀어 내고 대표님은 삶 속에서 식물과 동물이 살아가는 생태계를 만든다. 서로 끌림을 느낄 수밖에 없었다. 그런데 그 연구소는 대표님을 만난 지 얼마 지나지 않아 안타깝게도 문을 닫았다. 코로나19 관련하여 모든 일이 순조롭게 진행되지 않아 그럴 수밖에 없었다.

　처음 만났을 때 대표님은 사람 다이어트를 한다는 이야기를 했다. 생소한 단어다. '사람 다이어트가 뭐지?' 알고 보니 사람과의 만남을 줄여 나간다는 뜻이었다. 항상 사람들한테 최선을 다하는데 힘든 사람을 여럿 만나며 상처를 많이 받고 지친 상태셨다. 대표님은 늘 상대방에 대한 관심과 배려가 몸에 배어 있다. 선배님을 대하는 모습을 보면 금세 알 수 있다. 선배님의 부인은 MBC 마당놀이로 유명한 김성녀 배우다. 대표님은 선배님과 김성녀 선생님이 너무 겸손하고 인품이 좋은 분들이라고 하시면서 존경하며 살뜰하게 챙기신다. 한번은 선배님이 따님에 사위까지 함께 내려오셨다. 우리 가족도 함께 자리했다. 마치 대가족이 모인 것 같았다. 그렇게 우리는 새로운 모임, 인연이 되었고 대표님의 사람 다이어트는 실패로 돌아갔다.

어느 날 대표님이 나의 작업실을 구경하고 싶다고 해서 작업실로 모셨다. 많은 작품을 두루 살펴보고는 너무 좋아하시며 이 많은 그림을 더 많은 사람들이 봐야 될 텐데 여기 쌓여 있다고 아쉬워하셨다. 그로부터 1년 후, 대표님의 가족들, 그리고 선배님과 논의 끝에 대표님의 건물 1층 공간의 반을 내 그림이 늘 걸려 있는 갤러리로 만들기로 했다. 감사했다. 반은 대표님 공간이고 2층 전체는 펜션이 되었다. 그렇게 남원읍 위미리에 내 그림이 상시 걸려 있는 갤러리가 생겼다. 생명이 숨 쉬는 예쁜 정원에는 각 장르의 예술가가 찾는 미라벨 제주 펜션 갤러리가 만들어졌다. 선배님은 혼자서 또는 가족, 친인척을 데리고 가끔 이곳에 오셔서 우리와 같이 판타지가 펼쳐지는 숲길을 걷는다. 모두 그곳에 김품창의 제주환상이 있다고 한다.

나무 가족

나무를 자세히 들여다보면 한 둥치에서 새순이 돋아나 몇 년이 지나면 새순의 모습은 사라
지고 나무가 된다. 그 둥치에서 또 다른 어린순이 자라나고 그 새순도 이어서 나무의 모습
을 갖춘다. 이렇게 시간이 지나면서 한 뿌리에서 아름드리나무가 여럿 자란다. 이런 나무는
인위적으로 가꾸는 정원보다 자연 속에서 마음껏 자라는 제주 곶자왈에서 많이 볼 수 있
다. 마치 사람들처럼 가족을 이루고 사는 것 같다. 자연을 어떤 관점으로 보느냐에 따라 생
각의 결이 달라진다. 자연을 나와 무관하게 바라보면 우리는 그 대상을 무시하거나 함부
로 할 수 있다. 하지만 그 대상을 깊이 들여다보고 생각하면 그곳에 또 다른 세계가 존재함
을 깨닫게 된다. 우리가 존재한다는 것은 곧 그들도 존재한다는 것이고 그들이 존재한다
는 것은 곧 우리도 존재한다는 것이다. 이것이 세상의 이치고 진리다.

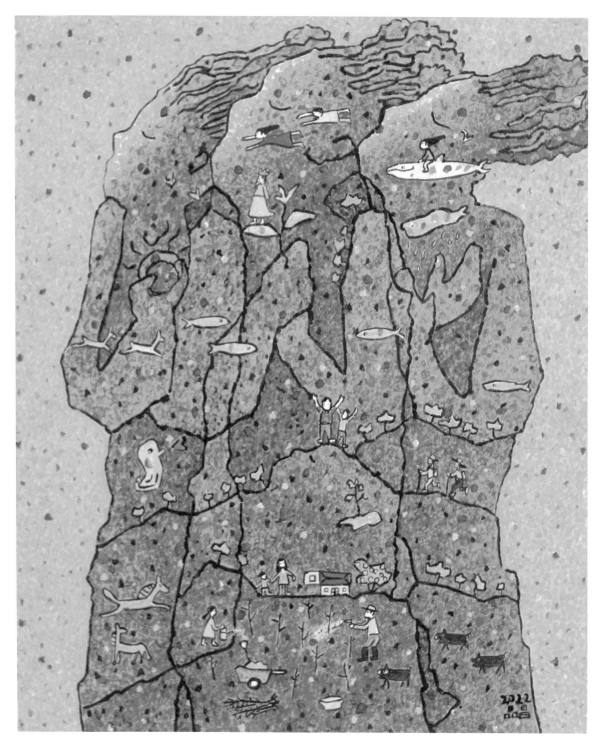

어울림의 공간-제주환상 52.5×39cm 한지에 아크릴 2022년작

생명에 대한 생각

　내 바지 주머니에는 종종 씨앗이 들어 있다. 얼마 전에도 겨울바람이 태풍처럼 부는 서귀포 남원에서 카나리아 야자수, 부띠아 야자수 나무의 씨앗을 주웠다. 바지 호주머니가 불룩해졌다. 밭에 가서 땅속에 꼭 묻어 두었다. 이른 봄이 되면 땅속에 묻어 두었던 야자수 씨앗을 꺼내 하나하나 심을 것이다. 미래의 그림이 생각만으로도 그려진다. 작은 씨앗 하나에서 흙덩이를 떠받친 작은 떡잎이 빼꼼히 나와 자라는 모습은 생명에 대한 경이로움을 느끼게 한다. 가녀린 새싹이 자라서 거목이 되는 모습을 상상하면 입가에는 저절로 미소가 걸린다. 나는 이렇게 제주도에 자생하는 나무 씨앗과 꽃씨를 받아서 심는다.

　2021년 가을에는 제주도에 자생하는 황근 나무(우리나라 희귀 보호종인 토종 노랑 무궁화)와 황칠나무 씨앗을 받아서 작업실 화분에 심었다. 틈틈이 물을 주면서 싹이 트기를 기다렸다. 얼마 지나지 않아 여기저기서 싹이 트기 시작했다. 온전히 작업실에서 나만 느끼는 행복이다.

이 나무들로 가족 나무를 만들 것이다. 어린나무 옆에 우리 가족의 이름을 적어 하나씩 선물할 생각이다. 비록 지금은 작지만 몇 년이 지나고 또 몇 년이 지나면 크게 자란 나무에 꽃이 피고 열매가 맺고 새들이 찾게 될 것이다. 더 오랜 시간이 지나 큰 거목이 될 때면 단순히 생명에 대한 신비뿐만 아니라 자연과 우리 가족이 하나가 되는 기분을 느낄 수 있지 않을까 한다.

큰딸이 초등학교 때 시장에서 금붕어 두 마리를 사 온 적 있다. 수족관이 없어 그냥 세숫대야에 자주 물을 갈아 주면서 키웠다. 자칫 물갈아 주는 시기를 놓치면 금붕어가 죽을 것 같아 신경이 많이 쓰였다. 며칠 볼일도 못 가게 금붕어가 우리를 묶어 놓았다. 그렇게 1년이 지난 한여름에 금붕어가 알을 낳았다! 얼마 지나지 않아 알에서 치어가 부화하기 시작했다. 찌는 듯한 날씨에 기쁨도 잠시, 치어들이 다 죽으면 어쩌나 걱정이 앞섰다. 그런데 며칠이 지나자 영문도 모르게 치어가 한두 마리 죽더니 한 달이 되지 않아 정말 모두 죽어 버렸다. 1년쯤 지나니 그 금붕어가 알을 또 낳았다. 이번에는 부화하면 잘 살려야겠다는 생각으로 산소기까지 사서 틀어 주었는데 결국 얼마 지나지 않아 치어들이 모두 죽고 말았다. 며칠 뒤 금붕어 두 마리도 배를 하늘로 한 채 죽어 있었다. 큰아이는 울음을 멈추지 못했다. 아이를 달래어 근처 땅에 금붕어를 묻었다. 생의 기쁨과 슬픔을 작은 생명들로부터 새삼 배우게 된 일이었다.

대학교 4학년 때 유난히 싹이 좋아 싹을 많이 그렸던 기억이 난다. 내 작업실에는 큰아이가 초등학교 때 예쁘다고 사 온 스파티필름이 있다. 작은딸보다 나이가 많은, 거의 스무 해를 나와 함께 지낸 생명이다. 지금 내가 바라보고 느끼고 그림으로 그리는 대상은 자연과 생명, 그리고 다름 아닌 자연과 생명의 소중함 그 자체다. 과거 일련의 일들이 생명에 대한 내 생각과 그림을 만들었다.

어울림의 공간-제주환상 146×210cm 한지에 아크릴 2022년작

화가의 길

강원도 영월군 옥동에서 태어나 정선군 소재의 탄광촌에서 유년 시절을 보냈다. 초등학교 3학년이 되던 해에는 경북 영주로 이사를 갔다. 아버지의 진폐증을 치료하기 위해 공기 좋고 물 좋은 어머니의 친정으로 이사한 것이다. 오랫동안 병석에 계셨던 아버지는 내가 고등학교 2학년이 되던 해에 돌아가셨다. 아버지는 내가 그림을 그리면 칭찬을 많이 해 주셨다. 초등학교 3학년 때 찰흙으로 고려청자를 만들겠다고 하자 빙그레 웃으시며 "가마에 고려청자를 구워야지." 하고 부엌 연탄불에 찰흙 청자를 올려놓게 했다. 잠시 후 꺼내면 토기처럼 찰흙 청자가 구워져 막대기로 때리면 청명한 소리가 났다. 무척 신기해 그 기억이 가슴 깊이 자리 잡았다.

초등학교 4학년 때 학교에서 미술 대회가 있었는데 대회에 나가면 우유도 주고 빵도 준다기에 놀러 가는 마음으로 나갔다. 사실 공부하기도 싫고 한 번도 먹어 보지 못한 하얀 우유 맛이 궁금하기도 했다. 5학년 때도 같은 미술 대회에 나갔다. 하지만 우유랑 빵을 먹기 위해 미술 대회에 나간다는 생각이 싫어서 그림을 열심히 그렸다. 얼마 후 아침 조회 시간에 내 이름이 호명되었고 교장 선생님께서 상장을 주셨다. 미술 대회에 입상한 것이다. 정말 커다란 충격이었다. 그때는 학교급식이 없어서 점심시간이 되면 집에 가서 점심을 먹고 학교로 돌아와야 했다. 그날은 수업에 집중하지 못하고 점심시간에 아버지께 자랑할 시간만 기다렸다. 점심시간이 되자 나는 상장을 들고 단숨에 집으로 뛰어가 아버지께 "상 받았어요." 하며 자랑했다. 아버지는 잘했다며 칭찬하시고는 500원을 주셨다. 더 큰 상을 받으면 용돈을 더 많이 주겠다고도 하셨다. 그때부터 나는 꿈이 생겼다. 내 꿈은 화가다.

이른 나이에 화가의 꿈을 꾸었지만 가정 형편상 고등학교를 진학하면서 그림을 포기했다. 그런데 포기한 지 6개월도 안 되어 그림을 그리고 싶어서 살 수가 없다. 비 오는 날에도 향교 처마 끝에서 비를 피하며 풍경화를 그렸고 토요일이나 일요일이면 그림을 그리기 위해 친구와 화구 세트를 들고 산으로 들로 나갔다. 미술 학원을 다니던 친구는 내 그림을 보더니 조금만 노력하면 지방 미술대학은 갈 수 있을 것이라 했다. 욕심이 생겼다.

나는 대학을 가야겠다고 결심하고 어머께 미술 학원을 다닐 테니 학원비를 달라고 말씀드렸다. 처음에는 돈이 없다고 하셨다. 그래서 돈을 훔쳐서라도 학원을 다닐 테니 걱정 말라고 말씀드렸다. 충격을 받은 어머니는 돈을 줄 테니 학원에 다니라고 하셨다. 자식이 도둑질할까 봐 겁이 덜컥 나셨던 모양이다. 어떻게 그런 못된 말이 불쑥 나왔는지 알 수 없다. 그렇게 미술 학원을 다니고 대학에 진학했다.

대학 1학년을 마치고 해병대에 지원 입대를 했다. 다른 여러 가지 이유도 있었지만 강한 정신력이 그림 그리는 데 필요하다고 생각했다. 일병이 끝날 무렵 미술대학을 다니다 왔으니 행정병으로 빠지라고 권

유받았다. 편하게 군대 생활하려고 지원 입대하지 않았다며 거절했다. 전역하자마자 숨 돌릴 겨를 없이 노동 현장으로 갔다. 물감값이라도 벌기 위해서다. 그러나 현실적으로 혼자 힘으로 그림을 계속하는 것은 정말 힘들었다. 집에서는 도와달라는 연락에 대한 답이 없었다. 2학년 겨울방학 때 이제는 정말 그림을 포기하겠다고 마음먹고 여행을 떠났다. 하지만 대안이 없어 일상으로, 학교로 되돌아왔다. 아니 그림에 대한 꺼지지 않는 열정이 발길을 학교로 돌리게 했는지도 모른다. 제주 정착 초기에도 경제적 궁핍에 그림을 포기하려고 붓을 꺾었다. 붓을 꺾어도 매번 다시 잡는 것을 보면 이제는 운명이 아니라 사명이 아닌가 하는 생각이 든다.

제주를 품은 창

초판 1쇄 발행 2023년 11월 10일

지은이 김품창
펴낸이 김동호
편집 김태연 · 김도연 · 박주원
디자인 디자인 su:

펴낸곳 필무렵
주소 경기도 고양시 일산동구 중앙로 1079, 522호
전화 031-976-8235   **팩스** 0505-976-8234   **전자우편** kiwibooks7@gmail.com
출판등록 2021년 2월 10일 제 2021-000034호

© 김품창 2023

ISBN 979-11-973896-4-7 03810